저는 과거 중증 정신질환의 경험자이자 현재는 회복자로서 지역사회정신건강 달리다쿰공동체 봉사를 20년간 하며 많은 회복자들을 만났습니다. 저 역시 과거 20대 때 중증 정신질환을 경험하며 약물 관리와 스트레스 관리로 충분히 예방이 가능한 병이라는 것을 알게 되었습니다. 포기하지 않으면 일상생활에 적응해 나갈 수 있었습니다. 재발을 미리 알고 체크할 수 있다면 관리가 가능합니다. 현재의 불평과 불만, 자학, 그리고 과거의 원망과 미래에 불안과 두려움에서 벗어나는 길은 자신을 있는 모습 그대로 이해하고 사랑하는 것에 있었습니다. 자존심은 내려놓고 자존감을 가지고 사람들과 함께 어울리다 보면 세상은 적이 아니라 따뜻한 곳임을 알게 됩니다.

　이 책은 당사자와 가족과 치료진을 모두 아우르는 입장에서 회복하는 기간 동안 느끼고 배운 점들을 가감 없이 엮었습니다. 마인드포스트에 기고한 글도 일부 발췌하여 반영하였습니다. 지역사회의 인식 개선, 정신건강 돌봄 인프라가 더 촘촘히 이뤄져서 아픔과 고통을 겪는 당사자와 가족의 눈물을 닦아주는 좋은 세상이 오길 희망합니다.

추 천 사

권준수(서울대병원 정신건강의학과,
대한신경정신의학회 전 이사장)

정신질환은 적어도 4명 중 1명은 평생 한 번 이상 경험하게 되는 아주 흔한 병이다. 이렇게 흔한 질병임에도 불구하고, 병에 대한 정확한 인식이나 적절한 치료에 대해 잘 이해하지 못해 치료가 적절히 이루어지지 않는 경우가 많다. 특히 조현병이나 양극성장애는 발병하면 오랫동안 치료가 필요하고, 재발 방지를 위해 주의해야 할 점들이 많다. 따라서 정신질환을 잘 이해하고 적절히 치료를 받는 것이 치료 후 정상적인 학교생활, 직업이나 사회생활을 위해서 중요하다.

정신질환의 급성기에는 증상 치료를 위해 약물치료가 주된 치료방법이다. 증상이 어느 정도 호전되면 유지치료를 통해 재발을 방지하는 것이 중요하다. 재발방지를 위해서 가장 필요한 것은 약물을 일정 기간 동안 잘 유지하는 것이다. 하지만 이것만으로는 부족하다. 스스로 마음의 힘, 즉 뇌의 힘을 키워야 한다. 그렇지 않으면 스트레스가 심해지거나 주위 환경이 나빠지면 다시 재발을 할 가능성이 많다. 재발을 반복하게 된다면 뇌 손상이 진행되어 만성화의 길로 들어서게 된다. 이 시기에는 재활치료가 주된 치료가 되고, 인지기능, 대인관계 등에서 손상이나 후유증을 가진 채로 사회활동을 할 수밖에 없다. 그러니 증상이 나타났을 때 가능하면 빨리 급성기 치료, 유지 치료를 통한 재발 방지를 해야 하며, 이것이 실패할 경우 이후 재활을 통한 회복이 치료의 목적이 된다.

이 책의 저자는 엄한 가정환경과 종교적인 분위기 때문에 경직된 생활을 어릴 때부터 하였고, 주의력 결핍 과잉운동장애 (ADHD)를 앓게 되었다. 고등학교때에는 심한 불안장애, 우울증, 대인공포증 등을 앓게 되고, 급기야 조현병과 양극성장애를 겪게 되었다. 3번의 재발과 총 2년간의 입원을 하였지만 본인의 꾸준한 노력으로 현재에는 사회복지사로 그리고 동료지원가로 활발한 사회활동을 하고 있다. 마음이 아픈 사람들의 모임인 "회복의 등대"를 통해 당사자와 가족들을 도와주는 활동을 하고 있다. 정신질환의 회복과정에서 본인이 몸소 체험하면서 느낀 많은 노하우를 이 책을 통해 제시해 주고 있다. 그는 정신질환의 회복을 위해서 중요한 점을 다음과 같이 정리하고 있다. 충분한 수면과 운동, 양질의 식사 등 기본기에 충실한 생활, 지금 이 순간에 집중하고 현실에 만족하기, 감사하기, 남들과 비교하지 않기, 부정 감정 털기, 그리고 긍정적 사고방식이다. 이 중에서 저자의 질병 극복에 가장 중요한 것은 긍정적 사고일 것이다. 긍정적 생각이 바탕에 되어야 회복의 길에서 할 수 있는 다른 활동이 가능할 것이다. 그는 정신건강이 회복되기 위해서는 감사, 기도, 운동, 공동체, 영성이 필요하다고 한다. 물론 이 5가지 모두 모든 사람에게 일률적으로 적용되지는 않겠지만, 그의 이런 철학이 회복의 과정을 잘 이끌어 준 것이라고 생각한다.

저자가 이야기하듯이 정신질환의 치료는 점차적으로 전문가 위주에서 당사자 위주로 바뀌고 있다. 이는 치료에서 당사자들이 적극적으로 스스로 나서야 한다는 의미이다. 그렇게 하기 위해서는 질병을 잘 이해하는 것이 가장 중요하다. 약물이나 스트레스 관리, 재발 방지, 재활 등등에 대해서 정확하게 알고 있어야 당사자들이 치료과정에서 목소리를 낼 수 있다.

이 책은 장우석이라는 인간의 모습을 적나라하게 보여주고 있다. 정신질환에 대한 부정적 낙인이 많은 상황에서 정신질환을 앓았던 자신의 모습과 자신의 가족들을 드러낸다는 것은 진정한 용기가 없이는 불가능하다. 외국에서는 사회적으로 영향력이 있는 사람들이 가끔 자신의 정신질환에 대해 대중들에게 이야기하는 기회가 종종 있지만, 국내에선 이런 일들이 아직 어려운 상황이다.

진정한 용기를 통해 자신의 질병 회복과정에 느끼고 생각했던 방법들을 공유하면서 마음이 아픈 다른 사람들께 도움을 주고자 하는 저자의 용기에 박수를 보낸다. 당사자의 목소리를 통한 회복으로의 길은 마음이 아픈 많은 사람들에게 큰 울림을 줄 것이다. 그는 항상 무엇인가를 한다. 신체를 움직이고, 댄스를 하고 운동을 하고, 사회적으로도 활발한 활동을 한다. 이런 움직임과 활동을 통해 그는 회복에 도달한 것이다. 이는 정신질환의 회복에 가장 중요한 것이 신체활동과 긍정적 사고라는 점을 오랜 임상경험을 통해 알게 된 본인의 생각과 온전히 일치하는 것이다.

아무쪼록 이 책을 통해 마음이 아픈 분들의 회복에 큰 도움이 되길 바란다.

살며 생각하며

사람들은 인생을 '가시밭 길'이라고 말하지만,

난 인생이 행복한 것이라 생각해요.

이 아름다운 세상을 보고, 듣고, 느낄 수 있으니까요.

살면서 때론 괴로움과 고통으로,

방황하기도 하겠지만 우린,

온실 안에서 자란 꽃이 밖에선

쉽게 시들고 죽어 버린다는 걸 알아요.

우리, 대지에 굳게 뿌리를 내리고

강한 생명력으로 힘차게 살아요.

가슴 확 트이는 희망찬 바다와

끝없이 펼쳐진 푸른 하늘을

가슴에 간직하고 말이에요.

1.
살며
생각하며

*사람이 가장 행복할 때는 자기 존재가 있는 그대로 받아들여지고 사랑받고 인정받을 때이다. 우리는 무조건적인 아가페 사랑을 원한다. 사랑의 본질은 전적인 헌신을 담고 있다.

사랑으로 인해 나 자신 그대로가 받아들여지는 경험은 놀라운 일이며 가장 큰 기쁨이자, 즐거움이다. 내가 무엇을 해서 사랑받는 것이 아니라, 내 존재만으로 충분히 인정받고 사랑받는 경험이 사랑의 본질이고 마음의 회복이다.

그리고 진정한 나답게 사는 길은 참 행복한 길이다.

*커피 한 잔의 여유 속에는 인생의 은은한 맛과 쓸쓸한 맛이 어우러져 있다.

인생의 깊이는 아픔과 고통을 통과할 때 참 인생의 맛을 알리라.

*지금 이 순간에 집중하자. 나의 시간과 장소는 바로 여기이다. 생각과 감정을 단순화하고, 개방적인 태도를 가지고 정신통일을 하자. 소소한 것에 감사하며, 순간에 충실하자.

*절망에 빠져본 사람은 인생의 깊이를 알 수 있고 겸허하게 인생을 살게 하며, 주어진 상황에 늘 감사하는 마음을 가지게 한다.

*사막의 오아시스 같은 존재!
가뭄에 단비 같은 존재!
폭풍우에 등대 같은 존재!
갈증이 심할 때 생수 같은 존재!
그런 존재로 살아가자!

*생애 주기별로 성장하며, 인간은 지, 정, 의를 실천하고, 지, 덕, 체를 성장시켜 성숙된 인격을 형성한다. 인생 전반전은 채움이요, 인생 중반전은 채움과 비움의 순환이요, 인생 후반전은 비움이다.

*인생의 가치와 의미를 찾으면 열정과 용기가 생기고, 삶의 방향성을 잡게 되어 속도가 붙는다. 가치 있고 의미 있는 인생을 살며 가슴 뛰는 삶을 사는 이는 참 행복하다.

*행복할 수 있는 단순한 비결은?

있는 것에 감사하기.

남과 비교하지 않기.

순간순간 충실하기.

현재에 머물고 몰입과 집중하기.

자극과 반응 사이에서 나의 선택을 존중하기.

*인생을 힘차게 살기 위해서 용기와 희망이 필요하다. 자기 존재의 가치를 알고, 현재를 만족하며, 가치와 의미를 가지고, 용기를 내어 내일을 향해 꿈을 가지고 도전하자.

*인간의 마음속에는 빛과 그림자가 있다. 무의식의 그림자를 의식화하고 그것을 마주 대하고 수용할 수 있다면 자아는 성숙한 자기로 통합될 수 있다. 내 안에 빛과 그림자까지도 받아들이고 사랑하자.

*나는 나로서 충분한 삶이다. 모든 사람들에게 잘 보이고, 결코 다 지지를 받을 수 없다. 국민이 뽑은 대통령 지지율도 절반을 넘기기 어렵다. 그러니 외부에 너무 신경 쓰지 말고 자기 색깔로 살라. 개성과 센스는 가지되, 용기 있게 살자.

*무엇을 따라 인생을 사는가? 무엇이 가장 중요한가? 삶은 사람이 사랑하며 사는 과정이라고 생각한다. 감사는 조건과 상관없는 필수 사항이다. 감사는 사랑 에너지보다 5배 높고 자가 치유력을 갖고 있으며 용서를 내포한다고 한다. 상황에 압도되어 역전되는 것이 아니라 의지를 단단히 해서 상황을 이겨낼 수 있다. 그럼에도 불구하고 또는 그렇게 흘러가지 않을지라도 감사하자. 감사는 회복의 첫걸음이다. 그러면 상황은 차차 선하게 풀려갈 수 있다.

*나에게 주어진 시간을 어떻게 쓰는가에 따라 인생의 가치가 달라진다. 지・덕・체를 단련하고 자기극복으로 나아가면서 남에게는 관대하고 여유 있는 모습으로 외유내강을 유지하자. 마음의 심지가 있고 소신이 있는 사람은 자신의 결정과 선택에 후회함이 없다.

마음의 외적
장소와 내적 장소

인간의 마음은 그 사람의 생각과 감정과 의지를 담는 그릇이다. 뇌가 3층 구조로 되어 있어서 1층에는 본능과 의지와 행동, 2층에는 감정, 3층에는 사고력 판단력 이성 도덕성을 담당하는 것과 같다. 본능은 먹고 싶고 하고 싶고 자고 싶다. 감정은 느끼고 다양한 느낌을 표현한다. 이성은 생각하고 판단하고 옳고 그름을 가린다.

인간은 해석의 영물이다. 인생만사를 자기가 가지고 있는 가치와 의미의 방향성을 가지고 해석한다. 똑같은 상황을 보았어도 자기 내면의 축적된 경험과 이해로 세상을 저마다 다르게 해석한다. 그 사람의 기질과 성격과 성장 배경이 그 사람을 만들어간다. 자아 정체성 확립을 위해 나는 누구인가? 어떤 사람인가? 무엇을 원하는가? 인생의 목적이 무엇인가? 등 철학적 사고를 하게 된다. 단지 먹고 마시고 즐기는 것에만 집중하고 순간 쾌락적이고 본능의 욕구만 찾고 감각적이고 생각이 없다면 동물적인 삶을 살아가는 짐승과 같을 것이다. 자기 존재의 의미 발견과 삶의 방향성을 가지게 하는 가치와 의미를 찾는 과정과 사회에 기여하는 일을 하는 것은 나는 누구인가? 나는 어떤 일을 하는가?를 통해 존재와 일을 통해 자기를 살펴본다. 자신의 유일무이한 존재의 소중함을 깨닫고 진짜로 하고 싶은 일을 하면서 인생의 의미를 발견한다. 자기를 자긍 자애하며 자존감과 자신감을 길러가는 과정에서 자아는 건강해지고 튼튼한 자기가 된다. 인생의 가치와 의미를 알고 좀 더 선명하게 인생을 살아갈 수 있다. 정신질환은 자아를 잃어가고 자아경계가 손실되는 병이다. 병식을 잃어가며 병은 재발한다. 스스로 내가 싫기에 더 근사하고 화려하고 인정받는 거짓 자기로 과대포장하며 참 자기를 포기하고 다른 존재로 되어간다. 허상을 좇아가며 현실과 점점 괴리된다. 작은 좌절감은 결국 큰 절망과 자포자기의 상황의 고통으로 몰아가고 자아경계가 무너지면서 현실을 미화하고 왜곡한다. 현실이 너무 괴로워서 이 상황을 인정하거나 수용하지 못하고 정신적인 공황과 어린아이로 퇴행을 경험하며 자기 현실을 심하게 부정하는 것이 곧 정신질환이다. 그리고 비슷하지만 또 다르게 자기에게서 회피하고 현실을 파괴하는 것은 중독의 문제이다. 그 공통점은 스스로 우울하고 좌절된 거짓된 자기로 위로이며 현실도피이다. 그 끝은 현실을 왜곡하고 부정함으로 더 큰 후폭풍을 가지고 온다. 세상에 파도를 용감하고 담대하게 헤쳐나가며 넘어가서 극복하기보다 비겁하게 자기를 학대하고 자기 파괴로 자신의 몸을 갉아먹는다. 마음의 힘은 현실 판단력과 인내심과 정신력이며 회복탄력성이다. 그 마음의 힘은 감사에서 나온다. 현실을 부정하고 남을 탓하고 가족을 탓하고 자기를 괴롭히고 세상에 분풀이를 해서는 결코 변화는 일어나지 않는다. 가장 위대한 힘은 세상을 바뀌는 것도 사회를 바뀌는 것도 가족을 바뀌는 것도 아닌 바로 자신을 바꾸는 것이다. 내가 할 수 있는 일은 나의 마음의 상태를 관리하고 생각의 흐름을 선한 쪽으로 선순환하고 작은 것부터 감사하며 마음속에 기쁨을 회복하는 것이다. 우리들 세상살이가 호락하지 않다. 수많이 많은 선택의 연속이고 환경이 내 뜻대로 되지 않고 스트레스로 가득 찬 부분이 있고 점점 복잡한 구조의 사회 속에서 방황하게 된다. 정신을 통일하지 않으면 혼란과 불안에 몸부림치게 되고 우울과 걱정과 근심과 염려로 중독된 세상이다. 외부에서 오는 인생의 문제든 내부에서 오는 인생의 문제든 자기 선택권을 가지고 책임감 있게 행동하고 순리를 따라 삶의 지혜를 발휘해야 한다. 남탓 세상탓 환경탓으로는 답이 없기 때문이다. 가장 강한 자는 자기를 알고 변화시키는 자고 늘 배우는 자이며 자기를 새롭게 하는자다. 그리고 가장 건강한 자는 마음속에 감사와 기쁨과 즐거움이 있어 늘 미소 지으며 웃는 자이다. 심리사회적인 부분과 환경의 스트레스를 균형 있게 관리하는 생활은 건강하고 풍성한 마음의 자유함을 누리게

한다. 신체와 정신은 연결되어 있고 마음의 면역력과 회복
탄력성은 감사에서 출발한다. 작은 염려와 불안은 나의 마
음의 자유를 점점 앗아간다. 집착과 욕심은 자기구속과 얽
매임으로 괴로움과 불행을 가지고 온다. 지금 이 순간만이
우리가 행복한 때이자 자유와 즐거움을 누리는 유일한 시
간과 공간이다. 결코 나아갈 힘을 주지 않는 과거의 원망
과 후회와 미움도 버리고 아직 오지도 않은 미래의 불안과
두려움도 떨쳐버리고 현재에 집중하고 충실하자. 나의 선
택에 대한 책임과 수용적인 자세는 나를 적극적이고 긍정
적인 인생을 살아가게 한다. 자기 주도적인 삶과 의지적인
결단은 후회 없는 인생을 살아가고 무기력과 공허함과 원
망과 분노와 우울을 벗어나게 한다. 마음은 수면 식사 운
동의 규칙적인 신체관리를 통해 강해지고 자기를 탐구하
고 성찰하고 기도하며 마음을 정비하고 생각을 지킴으로
영혼의 평화와 안식과 자유함을 느끼고 누리게 된다. 슬픔
많고 아픔 많고 상처 많은 우리네 인생길에 자가 치유적인
삶은 감사와 기도와 운동과 공동체의식과 영적 회복이다.
이것은 뇌의 회복이며 마음의 치유다. 자기를 학대하며 스
스로에게 분노했던 자가면역질환인 우울증의 해결도, 자
기를 미워하고 남을 괴롭히고 세상에 분노했던 중독과 성
격의 문제의 해결도, 그 해답은 자기를 있는 그대로 수용하
고 나를 사랑하고 마음과 내면의 질서 안에서 자아정체성

을 찾아갈 때 다시 건강을 되찾고 정신증과 중독의 문제에서 벗어날 수 있다. 병든 마음과 정신과 영혼은 반드시 회복된다고 믿자. 그럴 때 균형 잡힌 인생을 힘 있고 용기 있게 믿음과 사랑과 희망을 가지고 살아가게 된다.

상처 입은
치유자가 되다

나는 어릴 때 자기 고집이 세고 자기중심적이며 배려심이 없는 아이였고 가정 속에서 독불장군이었다. 5살이 되자 기고만장해서 기분이 내키는 대로 밥상을 뒤엎기도 했다. 6살 땐 뛰어가서 대문을 열고 다시 뛰어와 유리문을 짚어서 깨진 유리가 손목에 박혀 16바늘을 꿰매기도 했다. 7살에는 유치원 다니는 친구가 그네 타는 것을 그냥 밀어서 떨어뜨려 그 친구의 팔을 부러뜨렸다. 과잉행동장애가 있었던 것 같다. 그런 일들이 일어나자 아버지가 나를 엄하게 대하셨고 나는 불같은 아버지 성격에 압박을 받는 생활을 했다. 나만의 공상에 빠져서 시간을 보냈기에 집에서 허송세월이라는 별명도 얻었다. 10살에는 갑자기 말문이 트여서 종일 수다를 떨어 '좁쌀영감'이라는 별명을 얻었다. 중고등학교 때는 모범생이었으나 불안장애가 있었다. 학교폭력으로 인해 대인공포증과 우울증이 더 심해졌고 2년간 지독하게 겪었다. 그 와중에도 태권도와 유도를 하면서 스트레스를 해소하려 했다. 종교적으로는 태어나면서부터 10세까지 불교를 다니고 팔공산을 10번이나 다녔다. 해인사 성철 스님을 만나 삼천 배를 하기 위해 집에서 1500배를 하며 수련을 했다. 10~20세 성당을 다닐 때는 신부님 곁에서 봉사하는 복사를 7년간 하면서 사제가 되고 싶다는 꿈을 꾸기도 했다.

부산 가톨릭대에 신체검사를 받고 지원을 앞두고 있다가 포기하고 도로공사 노동자로 일을 하러 갔다가 스트레스가 극에 달하며 조울증이 왔다. 20세에 조울증과 환청과 망상으로 종교망상까지 심하게 겪었다. 도저히 신앙생활을 할 수 없어서 가톨릭을 잠시 내려놓았다.

25세 이후부터 40대 초중반까지 책과 운동에 몰두했다. 심리학, 자기계발서, 정신의학, 신학, 철학, 신앙 서적 등 1만 권을 읽었다. 그리고 정신건강 에세이를 지난해에 출간했다. 운동은 태권도 4단, 유도 1단을 땄다. 20대 후반부터 30대 후반까지 태권도 사범이 되어 10년간 일했다. 40세부터 댄스에 올인해 살사로 3년간 2만 홀딩을 했고 살사 모임을 헬스클럽 다니듯 매일 갔다. 강남빠에서 운영진으로 사회를 보고 압구정에서 활동하고 각종 파티와 행사에서 즉흥 대회에서 챔피언을 3번 이상 했다. 동호회에서는 살사 강사를 잠시 했다. 한 가지를 하면 끝을 보는 성향이었다. 강박증과 중독 성향도 있었다. 나르시시즘이 있는 편이었고 과거엔 열등감도 있어서 반동형성을 형성한 부분도 있었다. 지금은 나름 회복되어 갔으나 정신적으로 종합병원이었던 과거를 가지고 있다. 20대 이후로 6년간의 상담치료를 비롯해 상담스터디와 상담봉사를 하고 정신건강 쉼터 봉사를 20년간 해왔다. 24세에 부모님과 형제들이 이민을 갔다. 25세 이후 나의 문제를 사람과 일을 통해 부딪히고 깨어져가며 나를 성찰하고 배우는 시간이 있었다. 종교의 왜곡된 생각을 바로잡기 위해 신학를 공부하다가 3학년 때 사회복지학과로 과를 바꾸어 사회복지사의 길을 걸었다. 2011~2018년 11월까지 병원 사회복지사로 일하며 현실적인 문제를 풀어갔다. 2018년 말에 충북에 내려와 지내다가 2019년 7월부터 정신질환을 겪는 당사자와 가족의 새로운 지지모임으로 청주에서 '회복의 등대' 모임을 시작했다. 그리고 이제는 일상생활에 집중할 수 있게 됐다. 지난 삶의 배움과 교훈을 살려 인생을 체험하고 깨달았다. 문제 투성이고 좌충우돌하는 나를 제자리로 돌아오게 하면서 남은 여생은 의미 있는 활동에 집중할 것이다. 과거에는 나의 욕구와 욕망을 좇으며 살았다. 그 결과 개인의 꿈이었던 태권도 사범과 댄서를 이루었다. 이제는 질병으로 인해 새 꿈으로 당사자 상담사임을 고백해서 상처 입은 치유자로 살아간다. 정신질환으로 고통당하는 사람을 돕는 일은 진정 사람을 살리는 일이고 가정을 회복시키는 일이다. 인생길에서 가족과 사람들의 사랑과 도움으로 정신이 회복되는 과정을 올 수 있었음에 늘 감사하다. 이제는 내가 그 사랑을 흘려보낼 때다.

도움 필요할 때
고백하는 용기

정신질환을 겪는 분들은 누구보다도 섬세하고 순수한 감성의 소유자다. 외로움과 소외감에 예민해서 쉽게 상처를 받기도 하지만 지적이고 감수성이 풍부하기도 하다. 그래서 계절의 변화에 민감한 분들이 많다. 가을이 되면 생각이 진지해지고 살아온 날을 생각해보기도 하고, 자연의 변화를 많이 느끼기도 한다. 조울증은 양가감정과 기분파적 성향을 비롯해 깊은 우울증을 내면에 갖고 있다. 우울증은 활동을 하지 않고 회피와 부정적 반추를 잘하는 부분에서 병이 출발한다. 너무 인생을 진지하게 살았거나 책임감이 많다거나 남에게 요구를 잘 못하는 성격들이 취약하기 쉽다.

환절기로 마음이 특히 쓸쓸해지고 외로울 때 "나는 혼자다", "사람들이 나에게 관심이 별로 없어", "나는 나를 별로 좋아하지 않아", "누구도 나를 이해 못 해", "세상은 너무 무섭고 힘들고 괴로워" 등과 같은 감정에 휩싸이는 분들이 우울감에 빠지기 쉽다. 그래서 사람과의 소통에 문제가 생긴다면 뇌는 과부하가 걸려 뇌 에너지가 소진되고 스

22

트레스 상태가 된다. 우리 신체에서는 그것을 위기로 받아들여 자기보호 장치가 작동한다. 이에 따라 활동을 줄이게 하고 무기력하게 감정을 억압한다. 그 감정의 억압이 모여 마음의 갑갑함과 소외감을 가져오고 스스로 타인으로부터 고립되어 간다. 마치 가슴에 돌을 얹은 듯한 감정이 들면서 호흡도 짧아지고 표현되지 않는 마음의 고통은 한숨만 나오게 한다.

일조량은 생체리듬에 영향을 준다. 아침에 기상해서 햇볕을 쬐는 것이 중요하다. 인간의 수면 호르몬인 멜라토닌 호르몬은 기상 후 13~15시간 뒤에 작동한다. 그래서 밤 시간에 잠자는 시간을 유도하도록 생활패턴을 유지하게 한다. 수면 시간을 위해 저녁에는 커피를 마시지 말고 컴퓨터나 핸드폰 사용을 피하는 것이 좋다. 아침 산책으로 맑은 공기를 마시고 햇볕을 쬐는 것은 기분에도 많은 영향을 준다. 세로토닌 호르몬을 적절히 나오게 하고 기분을 안정화시킨다. 또 자연식과 건강식으로 신선한 채소와 과일, 바나나, 견과류, 달걀, 오메가3, 현미 등은 뇌 건강에 좋은 음식들이다. 양질의 식사는 정신건강에 필수적인 요소다. 인스턴트식품과 냉동식품은 피해야 한다. 모든 질병은 질병이 나타나기 전에 전조증상이 있다. 감기가 걸리기 전에는 콧물, 재채기, 미열, 오한 등의 증상이 먼저 오듯 말이다. 우울증은 스트레스와 인간관계와 환절기의 심리 변화와 신체화 증상으로 미리 체크해야 한다. 그러면 우리 몸이 위기경보 시스템으로 들어가기 전에 미리 예방이 가능하다. 활동량과 약물 관리, 대화를 통해 감정을 소통하는 등 긍정적인 사고의 전환이 필요하다. 조울증도 현재의 스트레스 상황이 극복되지 않고 누적되면 발병하게 된다. 기질적 취약성과 심리적 한계에 부딪히고 인간관계에 갈등이 생기면 쓸쓸하고 외롭다는 감정과 함께 우울이 심해지다가 신체화 증상이 함께 온 후 그래도 나아지지 않으면 경조증을 거쳐 조증으로 발전한다. 물론 조울증의 유형에 따라 양상은 다양하다. 수면 변화-예민-짜증-분노-폭발 순으로 사고의 비약과 감정이 증폭되고 충동성이 점점 커진다. 따라서 조울증 재발 초기에 전조증상을 미리 눈치채야 한다. 감정적으로 우울한 이유를 체크해 해소시키거나 마음을 돌보고 적극적인 대화나 상담을 해야 한다. 그 시기를 놓치면 약물의 증량이 불가피하다. 모든 활동량을 줄이고 충분히 쉬고 컨디션과 수면 조절을 잘 하는 것이 핵심이다. 복잡한 모든 것을 내려놓고 단순한 삶과 건강 회복에만 집중한다. 그렇게 며칠을 차분히 지내면 일상생활을 다시 영위할 수 있다. 입원하지 않고도 지역사회 통원치료만으로도 생활관리를 할 수 있는 것이다.

인간의 뇌는 포도당과 산소를 에너지원으로 하고 신체에서 3% 뇌는 에너지양 중 20%의 포도당을 소모한다. 인체를 지휘하는 사령탑이다. 그 뇌가 소진되면 수면 변화, 예민, 짜증, 분노, 폭발이라는 코스로 감정과 정서가 불안정해지며 변덕스러운 기분이 될 수 있다. 게다가 응어리진 감정은 사고를 왜곡시킨다. 자기 고집과 편견에 빠진 생각을 때로는 다 믿지 말아야 한다. 인지왜곡으로 그 감정은 사실이 아닐 수 있다. 특히 피해사고, 관계사고, 과대사고를 가진 단계에서는 그 감정과 생각을 속단하거나 단정 짓지 말고 무비판적으로 기다린 다음 마음을 살펴보는 것이 중요하다. 그리고 몸을 움직여 좋은 기분상태를 만들어 주는 것도 유익하다. 나의 감정에서 도피하지 않고 그대로 느끼고 안아주는 것이 중요하다. 내가 나의 편이 되어 주는 것이다. 불안은 과잉의 자기보호이며 불안이 지나치면 합리적 사고를 못해 도리어 자기를 해친다. 불안과 우울과 분노는 나에게 감정을 느끼게 하고 알려주는 온도계다. 그것을 느낀다면 인지를 새롭게 하는 긍정적 사고 패턴이 필요하다. "자극과 반응 사이에는 공간이 있고, 그 공간에 대한 선택은 자신에게 달려있다"라고 의미요법 창시자 빅터 프랭클 박사는 말한다. 비합리적인 사고를 합리적인 사고로 변화할 힘은 자기 내면에 있다. 다양한 변수와 융통성으로 통합적인 사고가 필요하다. 모든 질병은 자기를 이해하고 병을 이해할 때 예방과 관리가 가능하다. 자만하지 않고 자긍자애하고 늘 겸손한 태도가 중요하다. 정신질환은 불안, 걱정, 두려움, 외로움, 소외감을 타고 들어온다. 그래서 마음 돌보는 것을 평소에 해야 한다. 세수를 하듯이 자기 마음을 살펴야 한다. 슬프고 힘들고 괴로운 부분은 없는지, 이해하고 알아주기를 나 먼저 하고, 때때로 사람들과 마음을 나누는 것이다. 믿음 생활과 기도도 도움이 된다. 마음의 불편감을 해소하고 적극적으로 생활 관리를 해나간다면 정신질환은 한발 앞서서 예방할 수 있다. 질병의 파도는 자주 올 수 있다. 진솔하고 겸손하고 정직하게 자신을 대면하고 도움이 필요할 때 고백하는 작은 용기가 필요하다.

2.

소중히
생각하는 것들

*사랑은 마음의 본질을 채워준다. 풍족한 마음과 만족과 감사한 마음으로 충분하다. 그러나 결핍한 마음은 바닷물을 퍼먹고, 모래알을 씹고, 갈증과 허기를 느끼게 한다. 온전한 사랑은 마음을 평온하게 하고 참 쉼을 준다.

*연인 관계가 만일 서로를 매이게 해서 집착과 욕심의 노예가 되고 자기 이기심에서 출발한 사랑은 진정한 사랑이 아니라, 미성숙한 자기 욕심일 뿐이다. 오해와 관계의 순수성을 잃어가고 고통과 괴로움과 집착으로 끝이 난다.

*관계는 서로의 성장을 돕는 것이다. 서로 옭아매고 매이게 하고 손발을 묶는 관계는 잘못되고 빗나간 사랑이다. 욕심은 집착과 소유욕을 낳고 관계를 깨뜨린다. 상대를 불안하게 만드는 사랑은 그만하라. 사랑은 자유함과 평안을 주는 관계가 진짜 사랑이다.

*사랑은 친밀감과 열정과 책임감의 삼각형이라고 어떤 학자들은 이야기를 한다. 하지만 사랑은 수학공식이 아니다. 진실한 사랑은 주고 주어도 아깝지 않고 자신의 가장 소중한 것을 내어주게 된다. 모든 것을 열면 상대방은 비로소 그 마음을 알아가며 진정으로 마음을 주게 된다.

*사랑이 오면, 영원히 내 사람인 줄 착각을 하나, 때가 되면 만남과 헤어짐을 경험하고, 또 새로운 만남을 기대하게 된다. 사랑을 할 때는 올인을 하고 헤어질 때는 미련과 후회를 하지 않도록 깊게 사랑을 하자. 사랑은 진할수록 아름답다.

*만남의 기쁨과 헤어짐의 슬픔도 사랑의 행복과 괴로움을 모두 내포한다. 마음이 동하게 되고, 누구를 깊은 사랑하는 것은 섬세한 배려와 책임감과 헌신이 따른다. 함께 하며, 시간과 에너지와 돈을 나누게 된다. 사랑은 고귀하고 아름다워서 인생을 풍요롭고 진지하게 만들어간다.

*사랑은 나의 손을 펼쳐서 상대방의 성장과 성숙을 돕고 집착과 구속을 초월하게 된다. 소유적이고, 집착하는 방식으로 사랑을 하는 남녀관계는 결국 괴로움과 번민에 빠지게 하고 진정 서로에 대한 자유를 주지 못하고, 적절한 거리감과 성숙한 배려를 포기하게 만들어 파멸적인 관계를 가져온다.

*남녀관계는 영원하지 않고 반드시 끝이 있다. 사랑하는 동안 최선을 다하라. 충실하고 뜨겁게 사랑한 사랑은 반드시 유종의 미를 거둔다. 사랑할 수 있을 때, 진하게 사랑하자. 그때가 가장 생명력이 넘칠 때이고, 인생의 절정기이다. 늘 감사하자. 만남과 헤어짐은 열린 마음으로 수용하자.

*사랑은 허물을 덮고, 상대방의 단점에 눈을 감고 장점을 길러주는 것이다. 연약함을 품으면 깊고 큰 사랑으로 이루어간다.

*사랑이란? 아이스크림처럼 달콤하기도 하고, 커피같이 씁쓸하기도 하다. 사랑이 깊어지면, 진한 청국장 같은 깊은 맛이 난다.

*감정의 파도는 감정 표현을 하고 소소하게 말로 풀어가면, 잔잔해지고 감정들을 통해 자신에 대해 알아가게 되어 할 말과 하지 말아야 할 말을 분별하고 표현하는 지혜자가 되어간다.

*감정대로 말하고 행동하고 사는 사람은 무례한 사람이 되기 쉽다.
감정을 이해하고 조절하며 사는 사람은 고상한 사람이 될 수 있다.
본능과 감정을 잘 이해하고 이성으로 그것을 통합하고 조절하는 사람은 성숙된 사람이 된다.

*의심과 불안은 상대에 대한 신뢰 부족과 지나친 의존성과 자신감에 대한 결여의 복합체이다.
상대방을 믿지 못하고 오해하는 것은 자기 확신의 부족과 상대보다 못났다고 생각하는 열등감과 자기 비하가 숨어있을 수 있다. 나는 나로서 충분하고 홀로 있어도 귀함을 알 필요가 있다.

*남녀가 사랑하고, 갈등하고, 미워하고, 싸우고, 헤어지고 하는 모든 과정은 더 온전한 인간으로 성숙해가는 한 과정일 뿐이다. 이성에게 얽매이거나 지나치게 집착하지 말자. 내 영혼의 성장과 발전에 집중하는 것이 중요하다.

*사랑은 움켜쥐면 모래같이 새어나가고, 놓아주면 자유로워져서 도리어 그대로 남아있다. 집착하면 괴로워져서 떠나가나, 편안하게 해주면 좋아져서 그대로 잘 머문다.

연인 관계에서 밀당은 존재한다. 스스로가 매인 것이 없이 자유로우면 모든 것은 그대로 존재하고 스스로에 대한 당당함을 유지하면서 이성을 만날 수 있다.

*사랑이 끝나면 그 자리에서 나의 마음을 살피고, 반성할 점과 추억을 기억하고, 감사하며 감정의 응어리를 흘려보내자. 혼자 울어도 보고, 내 감정을 온전히 느껴보자. 상대방에서 원하고 바랐던 점도 생각해보고 교훈을 삼자. 지금 이 순간 집중하고, 내일에 대한 기대와 새로운 만남들을 기다리며, 내실을 다지자. 지금의 나를 추스르고 나를 안아주자. 남녀간의 에로스적 사랑은 감미롭고 낭만적이지만, 만남과 헤어짐이 반드시 있고, 첫 마음의 그 뜨거움을 계속 지속할 수 없을 때가 많다. 그에 비해서, 신과의 사랑인 아가페적 사랑은 한결같고 변함이 없으며, 영원히 지속될 수 있고, 죽음도 갈라놓지 못하는 사랑이다.

*사랑을 하면 처음에는 상대의 좋은 점과 매력만 보이다가, 좀 더 알고 이해할수록 긍정적인 면과 부정적인 면이 같이 보이고, 시간과 세월이 갈수록 상대를 바꿀 수 없고 있는 그대로 수용하고, 이해하고, 존중해야 함을 깨닫게 된다. 그러면 그때는 사랑은 깊어가고, 더욱 아름다워진다.

*인간관계에서 상대에게 바라거나 원하는 것이 없다면 당당하고 자유로운 만남을 이어갈 수 있다. 친구와 연인이 없다면 나 혼자로도 충분하다는 걸 알자. 인간이 성장했다는 지표 중 하나는 혼자서도 자신의 삶을 가꾸고 편안함을 유지하고, 외로움을 잘 해소하고 나와 잘 지내는 방법이 있다는 것이다.

*결혼은 타이밍이다. 사랑은 물결같이 찾아오지만 가장 적절한 타이밍에 만난 그 사람이 나의 배우자가 된다. 그 사람이 더 매력이 있거나 꼭 깊이 사랑한 사람이 그 대상이 되는 건 결코 아니다. 나의 상황과 상태와 마음의 중심이 인연을 만든다.

*성에너지는 인류를 탄생시키고, 보존해 온 가장 강력한 원초적인 생명 에너지이다.

이 강력한 성에너지를 이웃을 사랑하고 돕고, 남을 유익하게 하는데 그 에너지를 전환해 사용한다면 이 세상은 더욱 살만한 세상이 되고 나의 주변에 어두움을 밝히는 작은 등불이 될 수 있다.

*내가 나임을 알고 있는 그대로 살아갈 수 있는 것과 그 모습으로 이해받고 인정받고 사랑받는 것은 참 중요하다. 이러므로, 누군가를 진정 이해하고, 인정하고, 사랑할 수 있다.

*인생의 승리는 나와 진솔한 소통을 나누고 공감할 수 있는 사람이 있느냐에 달려있다. 사람 관계는 양보다 질이다.

*사람 사이의 입장차이는 갭이 있다.

각자 자기 주장만 하면 평행선을 달린다.

인간관계에서 내가 조금 손해를 보는 편이

인간관계의 소통을 원활하게 하고, 갈등을

지혜롭게 풀어가게 한다. 나를 알고 상대를

이해하고 배려하면 술술 관계가 풀린다.

*진실한 관계란?

1. 서로의 심리적, 영적 성장을 돕는가?

2. 만남을 가질수록 편안하고 행복한가?

3. 함께 해도 좋고, 혼자 있을 때도 믿고,

   자유를 허락하는가?

*서로의 관계성을 소중히 여기지 않는 사람과는 함께 갈 필요가 없다.

이해, 공감, 존중, 배려가 성숙한 사랑의 기본이다.

이런 바탕이 없다면, 참을 수 없는 가벼운 사랑이고,

감정에 널뛰기하는 사랑 또한 가볍고 가치가 떨어진다.

*소중한 만남은 상대방의 성장을 돕고 상대를 세워주는 관계이다.

이 사람으로 인해 인생의 의미와 가치가 더욱 빛나고, 삶의 목적을

더욱 집중하게 하는 만남이 될 때, 참 좋은 만남이다.

*자신의 기분과 생각만 중요하게 여기고, 상대방의 기분과 생각을 비

난하는 사람은 이기적이고 자기 중심적이다.

본인은 비판, 판단, 비난받기를 싫으면서 상대방의 말과 행위를 따지

고 공격하면 자신을 객관적으로 보지 못하는 사람이다.

*가족은 생명 공동체이자, 가장 친밀하면서 서로 많은 상처와 아픔을 주고받을 수 있는 애증의 관계이다. 적절하고 명확한 가족 간에 심리적인 경계선이 없으면, 서로 사랑을 못 느끼거나 너무 간섭하고 통제해서 괴로운 관계가 될 수 있다. 가족 간에 인격 대 인격으로 예의와 존중과 배려는 참 중요하다. 자녀는 부모의 소유물이 결코 아니다. 그럴 때 가족 구성원들이 독립성과 자율성을 가질 수 있고 건강한 인격으로 성장과 성숙해 갈 수 있다.

*가족은 적절한 거리를 유지하고 기대하기보다는 좀 떨어져서 기다려주고 그냥 믿어주고 응원해주는 존재이다. 가족이 너무 밀착되면 서로 고통을 주어 애증의 관계가 되고, 가족이 너무 멀어지면 든든한 심리적인 지지가 되지 못한다. 사람과 사람 사이에는 심리적이고 사회적인 거리가 필요하다. 나무와 나무 사이에 일정한 간격이 있어야 큰 나무로 곧게 자랄 수 있듯이 말이다.

*경솔한 말과 딱딱하고 거만한 태도는 상대에게 분노와 불쾌감을 준다. 평소에 친절함과 인내심과 겸손함으로 인격을 훈련하자. 만나는 사람에게 작은 미소와 친절을 베풀자. 짧은 만남이라도 아름다운 향기와 잔잔한 여운을 남기는 사람이 되자.

*나에게 있는 것에 감사한다면, 그 기쁨과 행복은 무한하다.

그러나, 나에게 없는 것에 집중한다면, 불행은 점점 증폭된다.

무엇을 선택할지는 나에게 달려있다.

사랑은 깊을수록
아름답다

젊은 시절에는 사랑에 목숨을 걸어보는 일도 생긴다. 20 대 초반 온라인 동창 모임이 부활할 때 초등학교 친구들과 만남을 갖다 한 친구에게 좋아하는 감정이 일어났다. 그런 데 당시 나의 취약한 정신세계와 맞물려 질병을 일으키는 촉발 사건이 되었다. "이 여자를 위해 저는 모든 것을 할 수 있어요." 부모님은 얼마나 많이 당황하시고 놀라셨고 속타 셨을까? 그 상대방 어머니도 나를 설득했다. 하지만 나는 사랑의 열병같이 그 여자친구를 찾아갔고 아르바이트하는 커피숍에서 커피를 마시고 기다리기도 했다. 풋사랑이자, 불같은 사랑의 감정은 가시지 않고 20대 초반의 청년의 마 음에 타올랐다. 그러다가 감정 변화가 커지고 수면이 잘되 지 않고 활동성이 계속 증가하고 사람들과 다른 친구들을 만나러 다니다가 이상한 생각과 감정이 들었다.

"내가 세계 평화를 위해 특별한 일을 할 수 있는 사람이 아닐까?" 참 엉뚱하지만 그 당시 세계 평화를 위한 기도 를 3년간 드렸던 적도 있었다. 가톨릭 신학대학교에 지원 해 신체검사도 받은 터라 더 종교적인 생각에 몰두하고 현실에 풀리지 않는 연애 과정을 종교성으로 극복하려는 심리적 자기방어기제가 작동했다. 당시에는 그것을 질병이라고도 생각하지 못하고 점점 비현실 속으로 들어갔고 발병 며칠 전에 새벽에 집을 나와서 내가 큰일을 해서 세상을 구원할 이라도 되는 듯이 망상속으로 여행을 하며 스스로를 신적 존재이듯 행동했고 자동차를 여러 대 뛰어 올라가 달려가는데 마치 날아가는 느낌이 들었고 횡단보도를 신호등을 무시하고 건너려다가 차가 생생 지나가서 달려가지 못하고 일시적으로 현실감이 좀 들어서 신호를 지켰다. 아니었으면 교통사고로 저세상 사람이 되었을 것이다. 집근처 부산역에 새벽에 도착해 주변 편의점에서 아는 한 동생을 만나 음료수를 얻어먹고 땅바닥에 누워서 머리를 세게 여러 번 박으며 세계평화를 이루는 의식을 치루고 고통을 호소하는데 그것을 이상히 여긴 그 동생이 억지로 집으로 돌려보내기도 하였다.

그 후로 다음날 집안에서 아버지와 싸우고 집안을 온통 부숴버리고 발병을 하고 입원을 하게 된다. 20대에 연애는 호르몬의 변화로 재발 위기를 겪게 되어 약물을 증량하면서 그걸 숨기고 약 부작용으로 수전증과 떨림과 처짐으로 고생을 했다. 여러 기회는 왔으나 연애 스킬도 없고 경험도 부족해서 잘 될 듯 되지 않아 이루어지지 않고 미진했다. 정신증이 있으면 연애도 결혼도 못 하는 건가? 반신반

의하며 나의 질병을 그 당시 한탄하기도 했다.

그러나 편견을 깨고 싶었다. 지속적으로 20대 중반부터 일을 하고 다시 교회생활을 하니, 사회성이 생기고 자신의 이해와 건강도 조절하게 되어서 더 만족스러운 생활을 하게 되었고 20대 후반에 독립하고 여러 만남의 기회도 생기고 자신감도 붙었다. 그리고 편견의 벽을 깨고 연애도, 결혼도, 운동도, 운전도 하게 되었다. 30대 초반에는 결혼도 할 수 있었다. 물론 11년 결혼생활을 안타깝게도 헤어짐을 경험하긴 했으나, 그 과정에는 후회는 없다. 그래도 얻은 것은 나름 외벌이 생활인으로 생존하며 열심히 살다 보니 더 자기관리를 스스로 잘하게 되었고 30대 이후로 사회 적응과 일을 착실히 해서인지 재발 증상이 사라졌고 증상 없다는 F317 진단명을 받게 되었다. 참 감사할 뿐이다.

같이 있어서 괴롭기만 하고 행복하지 않다면, 혼자 있어서 만족감과 자유와 행복이 더 있다면 그것이 나을 수 있다는 것도 알게 되었다.

40대를 지내며 지난 20~30대를 생각하면 애틋하고 이루어질 수 없는 사랑의 기억들이 많았다. 그 당시는 슬프고 고통스러웠지만, 지금은 좋은 추억으로 남는다. 가끔 돌이켜보면 잔잔한 웃음으로 기억된다. 사랑은 집착하지 않으면 내 곁에 남아있고 손에 꽉 쥐면 새어나가는 모래 같다. 나에게 스스로 편안하게 대할 줄 아는 사람이 남도 편안하게 하고 이성을 한 사람 대 사람으로 인격적인 존중을 해줄 때 인연이 될 수 있다. 편안함이 최고의 매력인 것이다. 나이가 먹을수록 노화되고 얼굴과 몸은 늙지만, 사고방식과 가치관과 생각은 젊고 밝고 긍정적으로 유지하자. 그리고 자기관리도 하며 인생을 감사하고 누리자. 사랑은 다시 오게 되고 내가 마음의 준비와 생활적 준비 등을 잘 하고 열린 마음을 한다면 또 사랑의 기회는 올 것이다.

사랑에는 늦은 것이 없고 나이가 제약이 되지 않는 세상이 되었다. 사랑할 수 있을 때 뜨겁게 사랑하자. 사랑은 진할수록 아름답고 고귀하고 가치 있다. 사람은 삶을 누리고 일하며 사랑하기 위해 사는 것이다.

내 욕구만
추구하면 고립돼

혼자 있는 자신과 잘 지내는 사람이 함께도 잘 지내며 자신을 즐길 수 있는 사람이 관계성도 좋고 일도 잘 한다. 인간은 놀이와 일과 사랑을 평생 추구하며 사는 존재이자 의미와 가치를 추구하는 존재다. 건강한 삶은 신체적 정신적 사회적 영적 건강함을 내포한다. 전인적이고 통합적인 건강함이 진정한 건강함이라고 할 수 있다. 자신을 아끼는 사람이 타인을 아끼고 사랑하며 배려할 수 있다. 내면의 부정적인 감정으로 차 있으면 현실을 그대로 보지 못하고 사고와 감정이 왜곡되고 오해와 착각과 편견에 빠지기 쉽다. 먼저 부정적인 내면을 성찰하고 진솔하게 고백하는 작업이 필요하다. 그것은 상담이며 심리치료이다. 약물치료도 중요하지만 증상 완화만으로는 그 사람의 내면의 치유에는 도달할 수 없다. 자신을 되돌아보고 성찰하는 사람은 늘 발전하고 고립과 외로움 속에 갇히지 않는다. 그리고 스스로 겪는 좌절과 어려움을 능동적으로 겪어내고, 적극적으로 대응해야 한다. 눈치 없음과 사회성 결여, 배려 없음과 고리타분함을 탈피하고 선순환적인 적응이 필요하다.

나의 주변인들은 모두 스승이 되고 배움의 기회를 제공한다. 조언이든 독설이든 나를 성장시키는 도구다. 기분 나쁜 건 잠시고 꾸지람과 실패를 통해서도 배우고 고치는 자세가 핵심이다. 그러면 그 사람의 성장과 성숙은 늘 진행형이다. 이 과정에 필요 없는 고집과 아집은 과감히 버리고 유아적인 자기중심성과 자기 세계에서 나와야 한다. 그래서 세상과 참 자기와 소통해야 한다. 갈등 상황에 대해서 신중함과 인내로 조율하고 내 욕심과 이익을 추구하는 마음을 조금씩 버리고 좀 손해를 본다는 마음을 갖는 것이 장기적으로 인간관계가 유익하다. 자기 인식은 자신에 대한 이해를 가져오고 남을 이해하는 폭도 더불어 넓어진다. 인간관계에서 작은 자기 이익을 탐하고 손해 보지 않으려는 속 좁은 자기 마음으로 인해 관계성이 틀어지는 부분이 많다. 인간관계의 성공은 자기가 조금 손해 보는 자세다. 다양성과 융통성을 가지고 좀 더 넓은 마음을 가지고 오해에서 세 발자국 물러나면 상대방이 이해된다. 역지사지와 마음 헤아리기는 큰 유익을 주고 관계성 회복의 열쇠가 된다. 나의 좁은 생각에만 갇혀 있고 내 주장만 해서는 아무런 답이 없고 관계성은 평행선을 달린다. 그러다가 소통의 부재에 다다르고 결국은 고립되고 관계성을 파괴하게 된다. 정신증은 타인과의 소통에 자기방어벽을 치고 상대방을 점점 밀어내는 부분이 존재한다. 그리고 현실을 외먼하니 점점 불안과 공포 속으로 들어가 버린다. 트라우마도 한몫하지만 나의 현실에 소극적이고 수동적인 부분도 영향이 있다. 왕따는 큰 아픔이지만 어떤 면에서는 지속적으로 이를 겪을 때 나에게도 문제가 있다는 반성과 성찰도 필요하다. 남 탓은 아무런 해결책과 돌파구가 아니다. 차라리 내가 지금 힘들다고 고백하고 도움을 청하고 인생을 배우는 계기를 만드는 것이 필요하다. 무의식적이든 의식적이든 내 생각과 감정에만 충실해 남을 전혀 배려 못하고 내 욕구만 추구해서 스스로를 고립시키는 결과를 가져왔는지 모르기 때문이다. "상처받았어", "나만 힘들어", "상대방이 잘못했어", "어찌 그럴 수 있어", "도저히 이해 못 해", "정말 싫어"라는 자기 감정에만 충실하고 자기중심성에 빠지면 위험하다. 현실 상황과 상대방의 마음을 있는 그대로 보지 못한 채 가장 편한 방법으로 비난하고 원망하고 미워한다. 부정적인 감정 기억과 생각에 빠져서 오해하고 혐오하기까지 한다. "상대 처지라면 나도 그럴 수 있겠다", "내가 넘 부정적으로 생각하는 거야", "내 감정에만 충실해서 오해한 거야", "그 사람이 그러는 어떤 이유가 있겠지", "나와 다른 사람이야 조급하지 말고 기다려보자" 등 한 걸음 물러나서 그 상황과 상대의 마음을 헤아려보자. 우리는 평소 너무 사소한 것에 목숨을 건다. 그리고 나만 옳다는 생각과 내 감정만을 최고로 치지 않는지 살펴봐야 한다. 나의 오해와 잘못은 없는지 헤아려보고 상대방의 기질과 성격과 스타일도 이해하는 신중한 태도가 중요하다. 당장은 내 감정에 충실한 것이 좋지만 좀 더 멀리 생각하고 관계성을 깨는 경솔한 나의 말과 행동이 있지 않은지 살펴야 한다. 나의 연약함과 성급함이 관계를 깨뜨리고 서로에게 고통을 줄 수 있기 때문이다. 어떤 상처라도 자극과 반응 사이에 선택이 반드시 존재함으로 상처받지 않을 결정권도 자신에게 있다. 내면의 힘을 다지고 남의 이목이나 평가에 의해 살지 말아야 한다. 살면서 남들 눈을 의식하고 불안해한다면 피곤하고 행복하지 못한 인생이 될 수밖에 없다. 자신의 마음의 중심을 잡자. 나 역시 20대 초반부터 30대 초반까지 고통스러운 나날을 보낼 때 "남들이 나를 어떻게 생각할까" 하고 늘 애간장을 졸이고 불안해했다. 수많은 염려와 두려움에 과도하게 몰입하면서 2년간 병원 입원 생활을 했고 10년 가까이 재발 위기를 겪었다. 이후 재발 경고 체크로 간신히 넘긴 후 기존의 생활 패턴을 바꾸고 의사소통을 적극적으로 하기 시작했다. 그리고 내일 걱정은 내일 하자는 마음을 갖기로 했다. 지속적으로 운동을 하고 취미생활도 즐기고 일을 통해 인간관계를 배워가면서 차차 건강한 삶을 살아갈 수 있었다.

재충전과 일과 삶의 균형이 선순환할 때 전인적인 건강으로 회복이 시작된다. 또 작은 것에 감사하고 조그마한 소망들을 가지다 보면 활기찬 인생으로 차차 변화된다. 감사할 것이 없다고 좌절하거나 우울해하지 말자. 지금 이 세상에 태어난 것도 기적이고 숨 쉬고 보고 듣고 말하고 움직이는 모든 것이 감사함이 될 수 있다. 작은 것부터 충실하고 존재의 소중함을 가지자. 내게 없는 것은 잊어버리고 있는 것들을 감사하고 주어진 일에 성실하자. 나는 재작년 12월에 충북에 내려와서 집 근처 공원 줄타기 운동기구에서 떨어져서 오른 팔목 2개와 갈비뼈 3개가 부러지는 사고를 겪었다. 이 맘 때쯤 좋은 일도 있었지만 인생사 호사다마인지 다쳐서 깁스도 2달간 하고 작년에 두 번이나 정형외과 병동에 입원해 심 박고 심 빼는 수술도 했다. 그때 나는 사회복지사 이력서를 30군데나 넘는 곳에 넣었지만 뜻대로 취업이 되지 않았다. 이후 칠전팔기로 도전해 공장일을 하며 수십 킬로가 되는 수백 개의 박스들을 나르고 생산 라인에서 수만 개의 선물세트를 박스 포장을 했다. 또 달리다쿰 회원들과의 만남도 지속적으로 진행했다. 대학로에 자리 잡은 달리다쿰은 20년된 기독교정신재활공동체로 정신증을 겪은 당사자와 가족 모임이다. 섬김이들이 함께하고 심지회, 높은 산교회 등 여러기관들과 연결돼 있다. 소그룹 공동체 안에서 회원들이 겪은 삶과 질병의 이

46

야기를 자주 듣고 나누고 자신이 겪은 환청과 망상 이야기 그리고 삶 속에 재기하면서 힘들고 어려운 점을 서로 동료 상담하고 끌어주고 신앙 안에서 풍성한 교제를 하고 식사도 하고 등산도 가는 자유로운 공동체다. 언제든지 당사자들과 가족이 힘들고 어려운 이야기들을 풀고 나눌 수 있는 희망과 치유의 장소이다. 또한 2019년에 만든 충북 청주 '회복의 등대' 모임에서 많은 가족과 당사자들을 도울 수 있었다. 그리고 마침내 이력서 낸 곳에서 면접을 보고 합격해서 다시 사회복지사로 취업이 됐다. 그동안 공장 일을 체험하고 힘든 육체노동의 신성함을 경험하니 사회복지사 일이 더욱 감사하게 생각이 든다. 인생이 놀이와 일과 삶의 균형으로 나아간다면 삶이 더욱 풍성해지고 건강하며 생기 있는 삶으로 나아갈 수 있었다. 일이라는 것이 꼭 직장이 아니더라도 매일 감당해야 하는 할 일이 있다면 늘 감사할 수 있다. 나를 위해 기도하고 응원하는 이들을 기억한다면 '오늘도 행복하자'라는 용기를 낼 수도 있다. 때로는 강하고 담대함이 필요하며 그럴 때 강건해지고 어려운 시기도 감당할 수 있을 것이다. 정신적인 어려움도 지혜롭게 이겨내고 서로 격려하고 위로해 다시 힘을 내야 한다. 먼저 자기 마음과 육체를 돌보면 건강해져서 누군가를 도울 수 있기 때문이다.

회복의 길은
멀리 있지 않다

돌이켜보면 질병을 통해 가정의 체계와 의사소통의 큰 변화가 있었다. 나는 정서적으로 예민하고 섬세했다. 가족들의 가족교육을 통해 가족이 차차 변화하고 신앙생활을 하며 서로의 과도한 감정 표출을 낮추고 서로 적절한 심리적 거리감과 건강한 경계선을 가지고 작은 것부터 서로 신뢰하고 사랑하는 관계의 회복을 통해 조금씩 재기할 수 있었다. 그리고 아르바이트와 봉사 그리고 일을 통해 회복의 과정으로 나아갈 수 있었다. 부모님은 나를 믿는다, 사랑한다는 말을 자주 하고 수용해 주기 시작했다. 부모님의 느긋한 인내심과 기다림, 그리고 또래 친구와의 관계 교류와 멘토들의 만남으로 재사회화를 경험할 수 있었다. 태권도 사범을 하는 계기로 운동을 통해 정신을 단순화하고 스트레스 해소를 하며 부정적 감정을 줄일 수 있었다. 20대 초반에는 환자로 입원했지만 30대 후반에는 치료진으로 일하며 출근 때마다 가슴 뛰는 기쁨을 가지고 성실히 일했다. 처음 1년간은 과거 17년 전과 같은 입원했던 아는 환자분을 만날까 조바심으로 두려움과 불안도 있었지만 일의 가치와 보람으로 누구보다 환자분을 대할 때 나의 모습을 보는 것 같아 진솔한 태도로 정성껏 대하고 열심을 다해 도왔다. 다른 직원들에게 나의 과거 병력을 숨기고 일반적인 태도로 일했지만 종종 서로 융화하는 것에 부족하여 일과 사람에 대해 계속 배워가고 잘못된 행동은 조금씩 고쳐가며 적응했다. 때론 일에 스트레스도 컸으나 사명이라 생각하고 고비들을 넘겼다. 그러니 원장님도 차차 인정해 주었다. 병원에서는 급성기에 입원한 환자분에 불안정한 모습과 격리와 강박 되었던 그 모습이 마치 남의 일 같지 않았고 느끼는 모습이 남달랐다. 공감이 되고 그 마음의 고생이 느껴졌다. 격리 강박 과정을 최대한 인격적으로 대하려고 했다. 혹시나 나는 옷이 찢어지거나 종종 다치긴 했으나 그분들이 회복되면 순한 양같이 선량한 분들임을 알기에 잘 인내했다. 나 역시 과거 그런 모습으로 20대 초반에 입원했었기에 충분히 이해가 되었고 그분들을 수용했다. 그리고 병원에서 몇 년 전부터 휴대폰 사용하는 규칙을 만들었고, 통신의 자유를 위해 도왔다. 자유롭게 환자분들이 휴대폰 사용하는 것에 보람이 있었다. 내가 20대 당시 입원했을 때 인권이 없던 시절과 상상할 수 없었던 일이었다. 차차 병원에 봄이 오고 있으나 더 개선될 필요가 있다. 내가 하던 일 중 정신증과 알코올 중독으로 고생하는 이들을 병식이 생기도록 교육을 했고 먼저 몸이 회복되면 병을 알고 자기에 대한 이해가 생기도록 최선을 다했다. 일이 끝나고 주중 한 번 병원 예배가 있을 때 목사님의 빈자리에는 제가 집회로 기도회를 인도하기도 했다. 그분들의 영혼과 삶을 생각하면 기도에 간절함이 있었다. 눈물 흘리는 환자분들 보며 함께 울었다. 그러는 동안 8년의 세월이 흘렀고 병원 일을 하며 다양한 사연과 병을 가지고 고생하는 이들의 몸과 마음이 차차 회복돼 사회에 복귀하는 일을 돕고 정신건강복지센터와 연계 그리고 지역사회로 복귀하게 일자리도 연결하도록 힘썼다. 한 사람 한 사람이 귀하고 진실한 소통의 자리로 회원들 중에 직장인들과 가정을 이루고 자녀를 낳고 사는 회복자들이 많다. 정신건강에는 기질의 취약함을 돕는 정신과 약을 기본으로 하고 상담과 재사회화와 영적 교제를 하면서 전인적인 치유가 필요하다. 뇌과학자들이 공통점으로 이야기는 뇌 회복의 5가지는 △감사 △운동 △기도 △공동체 △영성 △가족의 지지와 격려다. 이런 부분이 함께 가지 않으면 당사자와 가족은 계속 고통을 겪는다. 하지만 정신건강의 회복의 길은 반드시 있다. 약물의 도움과 더불어 사회구조적인 변화로 편견 해소와 사회 인식이 개선되도록 법 개정과 사회운동의 거시적인 관점을 비롯해 개인과 집단상담과 가족 체계와 변화인 미시적인 관점의 접근이 모두 필요하다. 당사자는 지금 여기서 자기 위치에서 할 일을 해야 한다. 물론 권리도 중요하지만 자기 의무도 충실히 하자. 자신의 병을 인식하고 인정하고 삶에 희망을 가지고 하루하루 충실히 재기의 과정을 가고 감사하면서 수면 식사 운동 생활패턴과 자기관리를 한다면 사회의 일원이 되어 더불어 살 수 있고 자기 안에 자리 잡은 편견부터 타파되어 갈 것이다. 사회의 편견보다 무서운 건 자신의 병 안에 갇혀 살고 신세를 한탄하고 자기 비하와 학대적인 태도다. 먼저 자기 안에서 자신이 만든 사회 편견에 틀을 깨고 세상으로 나와서 자기 개방부터 할 때 당사자의 건강한 움직임과 진실한 목소리가 삶을 변화시키는 나비 효과가 돼 세상의 편견의 벽을 차차 깰 것이다. 정신질환은 회복되는 병이고 가족을 변화시키고 새롭게하며 이 사회를 정화시키게 하는 역할을 한다. 고통에는 뜻이 있고 보다 겸비된 사람으로, 자만하지 않게 하며 세상을 보는 시각을 새롭게 하기도 한다. 자신의 자리에서 먼저 할 일을 하고 작은 것부터 감사하자. 그것이 가족과 사회와 세상을 변화시킬 힘의 원천이다. 그러기 위해 작은 것부터 움직이고 실천하자.

3.
운동하는
일상 속의 행복

*고난과 고통을 피하려는 사람에게는 걸림돌이 되지만, 그 고난과 고통을 직면하고 그 자리에서 삶을 배우고 자기를 성찰하는 사람에게는 디딤돌이 되어 성장과 성숙을 이룬다.

*자신을 소중히 여기는 사람은 자기 관리를 잘 한다. 수면, 식사, 운동, 취미, 일, 사랑을 균형있게 하고, 악습관을 버리고 고쳐간다. 시간과 에너지와 돈을 꼭 필요한 곳에 집중해서 사용하는 사람이다.

*몸과 정신이 다시 건강을 되찾기 위해서는
평소에 면역력을 높이기 위해, 일정한 생활 루틴으로
잘 먹고, 잘 자고, 잘 쉬고, 잘 운동해야 한다.
실천과 생활관리는 질병을 예방한다.

*고통을 적당히 겪으면 아픔을 느낀다.
하지만 너무 큰 고통에 장시간 노출이 되면,
고통에 무감각해지고 자신의 감정을 못 느끼게 되고,
그 고통을 무의식으로 억압하게 된다.
그때 우리의 마음과 몸은 아우성을 친다.
살려달라고…
 그 신호가 질병으로 나타날 뿐이다.

*일상에서 루틴을 실천하고,

단순한 생활과 패턴으로 살면,

심신이 건강해진다.

심신이 건강하면, 에너지 순환과

충전이 되어 활력과 생기가

충만해진다.

*사람은 아플 때 건강하고 싶다.

건강해지면 행복해지고 싶다.

행복하면서 성공하고 싶다.

사람의 욕구 충족의 끝은 없다.

모든 것이 내 뜻대로 되지 않을지라도,

지금 이 순간 감사하고, 자족하자.

그것이 행복이고, 인생의 성공이다.

*건강한 때, 늘 감사하자.

아플 때, 자신을 돌아보고,

바른 자세와 마음으로 임하자.

기쁘고 좋은 일이 있을 때,

오늘의 나를 있게 한 은인들께 감사하자.

*참으로 위대한 것은 평범함과 단순함 속에 있다. 진정한 가치는 일상 속에 있는 감사와 사랑과 만족이며,소망과 믿음은 어떤 고난도 이겨낸다.

*사람의 정신과 신체의 에너지는 한계가 있다.

일정한 에너지양의 그 이상을 쓰면 스트레스

상태가 되고, 더 쓰면 뇌 에너지가 방전되어 우울, 불안,

정서의 불안정성과 호르몬의 불균형을 겪게 된다.

관리법은 바로, 일상의 루틴에 충실하고 감사생활하자.

*인간은 활동과 휴식을 병행하며 생체리듬과 루틴을 실천하는 생활을 한다.

자신에게 최적화된 생활양식으로 에너지, 돈, 시간을 할애하고, 긍정적인 감정을 유지해 스트레스를 관리하고 수면, 식사, 운동과 휴식을 통해 에너지를 재충전할 수 있다.

*질병을 통해 건강함을 배우고 자신의 몸에 보내오는 신호를 고마워하게 된다.

삶의 패턴과 잘못된 습관들을 고치면 몸과 마음이 제자리를 되찾아가고 질서 있는 균형된 삶으로 삶이 더욱 성장과 성숙하게 된다.

*일과 사랑, 취미, 신앙생활은 균형 있는 워라밸을 가지고

규칙적인 수면, 식사, 운동과 감정 해소와 소통은 일상생활에 꼭 필요한 루틴이다.

이러면 심신에 내공이 길러지고 삶은 더욱 풍성해진다.

*최적의 스트레스는 필요하다. 평소 스트레스가 거의 없으면 무기력하고 나태해지기 쉽고, 평소 스트레스가 심하면, 심신의 균형이 깨져 면역력이 떨어진다.

적당한 스트레스는 심신의 활력을 주고, 적절한 긴장과 이완으로 생기와 일의 효율성과 건강을 가져다준다.

*분노는 강한 에너지이다. 부당한 일을 겪거나 감정이 상하고 비교당하고 무시당할 때 일어나기 쉽다.

분노는 내가 어떤 사람인가를 잘 알려준다. 분노의 감정을 알아차리고 읽어주면 성장과 배움의 기회로 전환하고 긍정 에너지로 나아갈 수 있다. 인생은 배움이기 때문이다. 자신을 아는 것은 참 중요하다.

감정은 내가 어떤 사람인지, 내가 살아있다는 것을 알려주는 온도계이다.

*정신질환은 기가 살아나야 낫는 병이다. 일상에 충실하면 생기가 생기고, 용기를 가지면 자신감과 자존감이 높아지고, 자기 존재에 대한 이해와 수용이 점진적으로 회복을 가져온다.

*근육 단련은 지방을 태우고 산소와 피를 순환시키고 에너지를 충전한다.

근육의 이완과 수축을 통해 스트레스를 풀어주고, 운동을 통한 근육 강화는 심신의 건강과 행복을 주며 노화를 방지해 준다.

*운동은 뇌를 활성화시키고 기억력과 집중력을 높이고 스트레스를 해소한다.

심신을 단련하고 끊임없이 떠오르는 부정적인 생각과 감정을 쉬게 하고, 불안과 우울도 낮춰지고, 긍정적인 생각과 감정을 가지게 한다.

*운동은 복식호흡으로 몸을 이완시키고, 무산소, 유산소, 유연성 운동으로 근육을 강화하고, 지방을 태우고, 긍정적인 에너지를 공급한다. 몸을 단련하면 정신력도 함께 강화된다.

인내심과 용기가 생기고 건강과 행복을 증가시킨다.

심신의 스태미나가 충만해지고 도파민 수치가 높아져서 눈빛이 빛나게 된다.

*등산은 심신의 생체 에너지를 회복시킨다. 자연 속 피톤치드와 운동으로 면역력의 강화하고 스트레스를 해소하고 뇌를 안정화하고 활성화시킨다.

우울과 불안은 감소하고 감정적인 응어리가 털어진다.

등산을 하면서 인생의 고비와 위기를 대처하는 인내력과 끈기를 기르게 하고 정상에 섰을 때 인생의 겸허함을 배우게 된다.

*인간은 몸과 마음을 회복해가는 자연치유력이 있다.

나을 힘이 없으면 어떤 병도 고치지 못한다.

몸을 평소에 따뜻하게 하고, 규칙적인 수면, 식사, 운동, 좋아하는 것을 하며 즐겁게 살면 점점 건강을 되찾고, 자연치유력은 더욱 높아진다.

*운동은 몸과 마음을 정화시키고 상한 감정을 풀어주며, 기분을 시원하게 한다.

세로토닌을 적절히 분비시켜서 머릿속의 복잡한 생각과 감정의 고리를 멈추게 하고, 생각과 감정을 몸을 움직임으로 정리하며 편안하게 만들어 갈 수 있게 한다.

*집중과 몰입은 프로를 만든다. 연습을 반복하면 실수를 보완하고 실력을 키워준다.

나를 알고 상대를 이해하고 상황을 파악하면 이 순간을 즐기고, 누릴 수 있다.

*질병은 지금 나의 생활습관과 마음자세가 좋지 않다는 것을 드러내는 신호다.

생활패턴을 새롭게 작고 마음자세를 긍정적으로 전환할 때, 몸과 마음은 건강하게 회복되어간다.

*중독은 자신 존재를 그대로 사랑하지 못하고 다른 대체물을 찾는 것이다. 바닷물을 퍼마시듯, 더욱 갈증을 겪게 되고, 영혼까지 파괴하는 에고를 집착하는 행위이다.

중독의 끝은 자신의 참 모습을 존재 그대로 사랑하는 길이다.

일을 통한
치유

  일은 사람을 성장시키고 사회성을 가지게 하며 인생을 배우고 나의 장점을 개발하고 나의 단점을 보완할 수 있는 인격의 장이자 종합예술이다. 나 역시 병원 일을 통해 수백 명의 환자들을 만나고 헤어지고 겪으며 부대끼며 인간에 대한 이해와 서로 다른 차이점과 갈등을 헤쳐나가기 위한 겸허한 태도를 배울 수 있었다. 나의 열정과 조급함에 장단점을 배웠다. 환자를 환자로 대하고 환자랑 다투지 않고 치료진으로 객관성과 일관성을 가지고 감정 조절해야 하는 것도 훈련하게 되었다. 나는 환자를 도와준다고 생각하고 신경을 쓰고 애썼지만 결과적으로 뒤통수를 맞은 경우도 많았고 그때 인내심과 감정 조절이 필요하고 치료진으로써의 자질이 중요함을 배울 수 있었다.

  나는 질병의 어려움을 감당하고 이겨내면서 재활의 꽃이라는 일을 하게 되었다. 22세 겨울부터 지난 23년간 남짓 쉼없이 일을 해왔다. 첫 직장은 이모부가 운영하는 노래방 알바부터 시작했다. 방 청소를 하고 사람들을 순서대로 손님들을 방으로 인도하는 일을 했다. 술 마신 사람들을 대하는 것은 스트레스가 컸다. 술 취하고 행패 부리는 사람들과 노래방비 문제로 실랑이도 하고 취객이 넘어지는 것을 부축하기도 했다. 그나마 나는 노래를 좋아해서 손님들이 없는 시간에는 혼자서 부르거나 친구들을 초대해서 함께 노래 부르기도 했다.

  일을 하며 많은 실수와 시행착오를 겪었다. 의사소통이 원활하지 못해서 말귀를 한 번에 못 알아듣고 눈치도 없어서 맘고생이 많았다. 그리고 불쾌한 일을 겪으면 오래갔고 꽁한 마음으로 감정 소통에 소극적이었다. 그래도 함께 일하는 사람들이 이해해 주었다. 나에게 노래 부르기와 책 읽기, 영어학원 등산 주 1회의 상담이 스트레스 해소의 방법들이었다. 부모님과 여동생은 내가 24세에 미국 이민을 갔고 나는 노래방일을 하며 태권도를 3단부터 다시 배우다가 20대 후반에 그 도장에서 태권도 사범일을 하게 되었다. 4단으로 승단도 하고 사범 자격증도 땄다. 태권도 사범일도 내가 정말 좋아하는 일이자 원하는 일이었다. 운동은 나의 삶의 활력이었고 기쁨과 즐거움이었다. 시범단이 있는 도장으로 옮겨서 운동일을 계속했다. 여러 사범들과 함께 모여서 시범을 준비해서 전국으로 시범도 하고 중국청도축제에서도 시범도 했다. 그렇게 태권도 사범으로 아이들을 가르치며 보람과 의미를 찾았다. 도장에서 150명의 관원들을 가르쳤다. 일을 하며 운전면허도 땄고 태권도 사범도장에 차를 하루 3

차례 운전하고 3타임을 태권도 사범으로 수업을 했다. 그리고 일이 끝나면 시범단에 가서 사범들끼리 야간운동을 했다. 매주 3회씩 새벽까지 운동을 하고 집으로 갔다. 체력과 정신력을 단련하고 끈기와 인내심을 길렀다. 땀을 흘리고 운동을 하며 생활관리와 수면 관리도 했다. 외부로 나가는 일도 있고 외국도 다녀오면서 수면에 대한 염려와 불안도 해소했다. 재발 걱정에 대해 안심하게 되었고 대처방법과 자기관리를 철저히 하며 컨디션을 조절해갔다.

일과 운동은 나의 건강의 균형을 잡아주었고 신체 에너지와 정신 에너지를 순환시키고 기력에 활력을 주었다. 빠른 스트레스 해소와 기분전환을 잘 시켜주었다. 마음의 환기는 감정의 찌꺼기를 제거해 주었고 상쾌하고 시원한 마음을 유지하게 해주었다. 일을 통해 업무 부담과 인간관계에서 작은 것들을 조율하고 나의 일을 정리하고 상대방과 윈윈 할 수 있는 관계성을 가졌다. 일에 대해서는 깔끔하게 처리하고 공통분모의 일에 대해서는 서로 소통하고 분담하고 배려하는 법을 배웠다. 얌체같이 나만 생각하고 내 이익만 추구하는 것으로 큰 것을 잃어버리지 않도록 지혜를 구했다. 남에게 바라는 대로 해주라는 황금률과 갈등이 있을 때는 좀 양보를 하고 그 사람을 미워하지 않고 더 잘해주는 쪽으로 갈등을 풀어갔다. 나의 마음이 전달되었는지 내 마음의 좋은 면을 보고 차차 갈등이 해소되어가는 것을 직장생활에서 경험할 수 있었다. 일을 통해 나의 모난 자아가 깨어지고 겸손과 정직함과 이기심을 좀 더 버리는 부분으로 인격을 성장시킬 수 있는 배움의 장이 되었고 사회성과 현실 판단력을 증대시키는 열쇠가 되었다. 인간관계에서 서로 부대끼며 아파하고 격한 감정과 서운하고 미운 감정 그리고 억울한 감정도 있을 때도 있지만 상대 입장에서 바꾸어 생각해보고 상대의 기질과 성격을 살펴보면 그 마음과 생각과 감정과 행동이 조금씩 이해할 수 있는 여지가 생겼고, 서로 소통과 대화로 그 상황들을 잘 풀어가는 좋은 열쇠를 찾을 수 있었다. 갈등 속에 근심과 걱정과 불안과 두려움도 있지만 잘 인내하고 풀어가면 그 과정에서 차차 해결되고 소통되어 나의 편견과 선입견도 깨게 되고 인간에 대한 이해와 상황의 해석과 행동도 살피고 오해도 풀어갈 수 있었다.

세상에 나와 같은 사람은 없기에 다른 사람이 나와 다르다는 것을 인정하고 수용할 때 인간에 대한 적절한 거리감을 유지하고 존중할 수 있다. 인간관계는 난로와 같아서 가까이 가면 데이고 멀어지면 춥고 외롭다. 서로 어울리며 마음을 소통할 때 따뜻하고 더욱 행복할 수 있다. 일을 하면서 누구를 미워하면 실제로 가장 고통을 당하는 것은 나 자신이고 피해자가 된다. 그 감정을 내려놓고 한 발짝 거리감을 두고 감정의 객관성을 유지하면 귀한 인격체이고 소중함을 알 수 있다.

운동은 신체와 정신을 단련하고
뇌를 정상화시킨다

　나는 20대 초반에 3번의 입퇴원과 2년간의 정신건강의학과 병원에 입원했다. 고통의 시간을 지내며 점진적으로 재활의 과정을 위해 어머니의 적극적인 권유로 어머니와 함께 등산과 산책부터 다시 시작하게 되었다. 퇴원 후 살이 15kg이나 쪘고 체력은 약해졌으며 체격만 커 보였다. 오랜 병원생활로 몸이 약해지고 약 부작용으로 인해 코피를 자주 흘렸다. 입의 침이 마르고 눈의 시력도 안 맞았으며 안절부절하고 손도 심하게 떨었다. 오전 시간은 거의 일어나지 못했고 몸은 천근만근이었다. 당시 조울증 1형으로 감정 기복과 환청과 망상으로 질병의 증상이 심했고 현실감 저하로 정신이 붕괴되었다. 약 부작용으로 생활이 거의 되지 않았다. 불안, 우울, 두려움이 쉽게 일어났고 스트레스에 아주 민감한 상태였다. 그때 내가 할 수 있었던 것은 치료진이 제안한 방법이었다. 규칙적인 생활로 약을 매일 제때 복용하고 수면, 식사, 운동을 성실하게 하는 것. 너무 많은 생각은 부정적인 반추를 가져오므로 생각을 일시적으로 차단하고 나를 지키는 것이 급선무였다. 그리고 감사하는 생활과 더불어 운동을 하는 것이 효과적인 방법이었다.

　나는 7세부터 지금까지 태권도와 유도, 태보, 댄스, 수영, 스키, 등산, 자전거 등 다양한 운동을 하면서 지냈다. 정신증 회복에 다양한 회복 요소가 있지만 무엇보다 운동이 그중 하나였다. 처음에는 비자발적으로 운동을 하고 등산에 갔다. 사실 하기 싫었으나 어머니의 지지가 동기부여가 되었다. 약 부작용을 극복하는 것에는 운동은 큰 역할을 했다.

　운동은 신진대사를 원활하게 해주고 약 부작용을 줄여준다. 운동을 통해 심신의 활력을 조금씩 되찾게 되었다. 우울감과 불안도 경감시키고 마음을 편안하게 해주는 것을 느낄 수 있었다. 땀을 흘리고 산에 오르니 기분이 전환됐고 스트레스도 풀렸으며 가족들과 대화도 늘려갈 수 있었다. 부모님과 여동생이 미국으로 이민을 간 후에도 나는 등산을 지속적으로 다녔다. 아르바이트를 하며 쉬는 날에는 서울의 거의 모든 산을 혼자 등산했다. 이렇게 운동하면서 참 기분이 좋아지고 몸도 가뿐해졌다. 물론 이 시기에 상담도 함께 진행했다. 그 후로는 어릴 때 배웠던 태권도 운동을 다시 배우기 시작했다. 몸 컨디션을 조절하며 체력을 단련하고 유산소, 무산소, 유연성 운동을 함께 했다. 자신에게 맞는 운동을 찾고 즐겁게 하다 보니 20대 후반까지 경조증이 있었으나 다른 스트레스 요인과 겹쳐 일어난 기분 변화를 인식하고, 약을 조절하며 빠른 위기 대처로 재발 경고를 체크하며 넘어갈 수 있었다. 그때마다 했던 병상일기 쓰기와 외래치료의 성실성이 위기에 잘 대응할 수 있던 방식이었던 것 같다. 운동은 정신을 강화시키고 신체를 단련하며 극한 상황에도 자신감과 용기를 잃지 않게 했다. 나는 기질적으로 겁이 많고 소심했는데 기질의 취약성을 운동으로 보완하며 운동을 통해 적극적이고 긍정적인 마인드를 가질 수 있었다. 30대 후반부터 8년간 정신건강의학과 병원에서 사회복지사로 일하며 교육 상담 행정을 했다. 스트레스가 심한 일이었다. 그래서 저녁에는 취미로 요가, 줌바, 살사 등을 배웠다. 매주 3회 이상 체력을 단련하고 취미생활을 하니 스트레스가 원활하게 해소되었고 삶의 활력을 찾았으며 인간관계에 대한 것도 배울 수 있었다. 운동은 뇌를 활성화시키고 심신을 단련한다. 우울과 불안에서 빠져나오게 하고 약 부작용을 최소화한다. 무기력하고 나태한 삶의 패턴을 벗어나게 한다. 각자 자기에게 맞는 운동을 찾아서 몸과 마음을 관리하자. 건전한 신체에 건강한 정신이 깃들고 자기관리의 기본은 체력 키우기이다. 체력이 있으면 부정적인 감정을 해소할 수 있고 일과 사회 적응에도 큰 도움이 된다. 당사자가 건강에 필요한 기본기를 충실히 실천하고 건강을 챙기며 가족이 당사자를 지지한다면 정신건강의 회복의 길에 한 걸음 더 가까이 다가서게 될 것이다.

통합적 접근치료의
중요성

　정신건강의학과 약물을 복용해도 일과 취미를 하며 균형 있는 생활을 할 수 있다. 나는 정신과 약을 26년간 복용하고 있다. 정신과 약을 복용할 때 주의사항이 있다. 자몽 주스는 약 성분을 배출시키는 작용이 있어서 먹지 않는 것이 좋다. 술이나 담배도 약의 효능을 떨어뜨리며 특히 술은 치명적이다. 약물 작용하는 곳과 같은 부분에서 작용하기 때문이다. 담배는 약물을 간으로 빨리 배출시켜 약 효과를 떨어뜨린다. 다량의 커피와 탄산음료에 든 카페인은 예민함과 짜증을 증가시키는데 영향을 끼치며 비만을 초래한다.

　건강관리를 위해 생활관리를 꾸준히 하고 일정한 수면, 적절한 좋은 식사, 알맞은 운동을 착실히 해야 한다. 술이나 담배 등 악습을 끊으면 약물 부작용을 최소화하고 약의 효과를 최대화할 수 있다. 최근 매스컴이나 유튜브에서 극단적으로 정신과 약물 부작용만을 부각하는 영상에 휘둘리지 말아야 한다. 균형감각이 다소 떨어진 영상이며, 과잉해석이 담겨 있다. 인간의 몸은 면역력, 자생력, 적응력이 있다. 좋은 생활습관으로 건강하게 생활할 수 있다. 이를 실천하지 않는다면 주변에서 하는 균형 잡히지 않은 소문에 영향 쉽게 받는다.

인간은 약보다 훨씬 강하다. 일반인도 나이 60세가 넘으면 2~3가지 약은 기본적으로 달고 사는 게 현대인의 모습이다. 정신과 약이라고 해서 특별한 것도 아니다. 모든 약은 작용과 부작용이 존재한다. 단지 그 독소를 해독하는 생활습관을 실천하느냐에 해결법과 대처법이 있다. 정신과 약물에 대한 동기부여가 필요하다. 당사자의 약물관리 이유로는 첫째, 절박함이다. '건강을 지키려는 생존 의지가 있는가?' 둘째, 치료 의지이다. '병이 낫기를 원하는가? 그러면 나는 무엇을 해야하는가?' 셋째, 실천이다. 오직 실천만이 내가 살고 가족이 사는 방법이다.

당사자가 약물을 복용하지 않으려는 이유는 첫째, 병식 부족이다. 병을 인정하지 못하는 것은 자기 이해 부족과 교육 부족이다. 둘째, 부작용의 확대해석이다. 안 좋은 경험들이 누적된 것이다. 셋째, 약물에 대한 오해들이다. 예를 들어 약물을 복용하면 머리 회전이 원활하지 못하고 기억력도 떨어지며 판단력이 흐려진다. 하지만 심신회복을 위한 관리법을 찾고 매일 꾸준히 실천하면 점점 나아지게 된다. 인간은 회복탄력성이 있으며 잠재력이 있다. 약을 복용하면서 점점 몸에 적응하고 몸도 약에 적응해가서 부작용은 줄어든다. 그것이 원활하지 못하면 주치의와 상의해서 적절한 약과 용량을 찾아 최적 용량으로 일상생활을 가능하게 할 수 있다. 그런 가운데 운동, 운전, 독서, 일, 취미 생활, 신앙생활 등을 할 수 있게 된다. 가족도 당사자와 마찬가지로 약물에 대한 이해와 교육을 통해 당사자를 이해해하는 것이 중요하다. 나는 정신건강의학과 병원의 사회복지사로 일할 때 병식이 생긴 초발자나 재발자가 잘 회복되어 직장 생활을 하며 외래만 오는 분들을 종종 보았다. 병원 치료에서 의사 선생님의 약물치료와 상담, 그리고 정신건강교육과 약물교육과 스트레스 관리 교육 등이 핵심이다. 8년간 병원에서 교육을 맡아 강의를 하는 동안 병식이 생기도록 병에 대한 이해로 원인, 증상 대처법, 재발 경고 징후 체크, 약물교육, 지지체계 등 치료와 재활과 재기 모델을 강의했다. 환자분들에게는 '자기만의 재발 경고 체크리스트 작성하기'와 '병상일기'와 '감사 일기 쓰기'를 하도록 해서 병식을 찾도록 도왔다. 또 규칙적인 생활패턴을 잡을 수 있도록 환경치료가 중요하다. 자신을 이해하고 자중자애하면서 스스로 스트레스를 관리하고 자기주도적인 인생을 살아 나가며 자기감정을 솔직히 표현할 작은 용기만 있다면 당사자는 질병의 파도를 헤쳐나갈 수 있다. 퇴원 후 일상생활에서는 병 중심의 사고방식에서 탈피해 자기 인생이 지금으로도 행복하다는 삶 중심의 사고방식을 갖는 게 중요하다. 하루를 충실히 살고, 작은 것을 실천하며, 성취하고 만족하면 인생이 행복해진다. 그 비결은 타인의 의식에서 벗어나 타인과 비교하지 않고 지금 있는 것에 감사하는 삶이다. 소유가 아닌 존재의 가치를 발견하고 삶의 의미를 깨닫는 것에 열쇠가 있다. '감정을 표현할 작은 용기만 있다면 당사자는 질병의 파도를 헤쳐나갈 수 있습니다.' 당사자 가족 모임의 한 어머니가 나의 글에 대한 소감으로 답해 주신 이 말은 자신을 변화시킬 수 있는 용기와 의지이다. 동기부여가 내면에서 시작되어야 결실을 맺을 수 있다. 세상 누구도 나를 일으켜 세울 수는 없다. 내가 나를 일으켜 세우고, 병의 껍질을 조금씩 깨고 세상 밖으로 나와야 한다.

당사자들은 대체로 사고가 경직되고 마음의 여유가 없어 매우 고지식하고 유연성이 부족할 때가 많아서 생각과 감정의 착각과 오해에 빠지기도 한다. 공감하는 가족이나 자조모임 공동체에서 있는 그대로 정신증을 드러나고 솔직하게 고백할 때 치유가 시작된다. 작은 고백의 용기가 필요하다. 비밀을 털어놓으면 내면의 자유를 얻게 되고, 이해하는 다른 사람들과 공유할 때 보편성과 동질성으로 공동체적 치유가 일어난다. 자기 마음을 살피고 이해하고 공감하는 것이 필요하며 인간관계에서도 똑같이 적용된다. 예방관리와 감정과 생각의 이해와 적절한 해소가 정말 중요하다.

4.
받아들임

*오늘 양팔이 없는 사람을 보았다. 그리고 며칠 전에는 앞을 보지 못하는 사람을 보았다. 몇 주 전에는 휠체어만 의지해야 하는 사람도 만났다. 모두 대화를 나누었다. 밝은 표정을 하고 긍정적이었고 삶의 의지가 강함을 보고 많은 것을 배웠다. 난 가진 것이 너무 많다. 지금 모습 그대로 감사하지 못한 내가 부끄러워졌다. 늘 감사하자.

*불평하라. 불평해질 것이다.

비교하라. 우울해질 것이다.

경쟁하라. 불안해질 것이다.

감사하라. 만족해질 것이다.

사랑하라. 행복해질 것이다.

미소 지으라. 따뜻해질 것이다.

*마음의 문을 열어라!

내가 손을 먼저 내밀면, 많은 이들의 이웃과 친구가 될 수 있고

마음의 문을 닫고 다가서지 않으면, 홀로 고립되고, 단절되어 있게 된다.

마음을 열고 소통하라. 그러면 생명력 넘치는 인생을 살게 된다.

*남을 가르치려고 하고, 자신은 변화하지 않는 사람은 미움을 받는다.

항상 남에게 배우고 학생 정신으로 자신을 알고

단점을 보완하는 사람은 늘 발전하고 사랑을 받는다.

*행복은 남과 비교하지 않고 지금 모습 그대로를 감사하는 데 있다.

욕심과 집착을 줄이고, 감사에 대한 기도로 채울 때 행복이 온다.

*감사는 회복의 첫걸음이다.

역경 속에서도 이겨낼 내면의 힘은 오직 감사생활에서 나온다.

감사를 습관화하자. 내가 가야 할 길이 선명해지고 새로운 길이

뜻 가운데 열릴 것이다.

*우울은 후회를 담고 있어 과거를 보고,

불안은 걱정을 담고 있어 미래에 있고,

편안한 마음은 현재의 작은 감사로 치유와 쉼을 준다.

*사람들은 특별한 존재이고 싶어 하고 타인들에게 인정과 사랑을 갈구하고 욕망한다. 하지만 평범한 존재로 자기답게 사는 삶에 잔잔하고 평온함 가운데 자유로움이 있다.

*미워하고 원망하는 이는 과거를 살아간다. 사랑하고 행복한 이는 현재를 살아간다. 꿈과 희망과 비전을 가진 사람은 미래를 향해 살아간다.

*떠나간 배는 뒤를 돌아보지 않는다.
사랑은 지나가면 미련을 남기지 말고 무쏘의 뿔처럼 혼자서 당당히 갈 길을 가라. 미련을 두고 계속 뒤를 보다 보면 쿨하지 않고 아름답지도 못하다. 남은 좋은 감정까지 사라질 수 있다.
결단하고 나의 길을 가다 보면 새로운 일과 인연이 기다리고 준비되어 있을 것이다.

*남 탓하는 사람은 분노와 원망의 노예가 되고 퇴보하게 된다.
나를 살피고 성찰하는 사람은 계속 성장하고 발전해간다.
아픔과 고통을 겪고 자기 아집과 편견을 깬 사람은 큰 사람이 된다.

*자극과 반응 사이에 선택이 있다.

모든 자극에 다 반응할 필요가 없다.

그 자극을 거부하는 것도, 선택하는 것도

나의 의지에 달려있다.

*고난과 고통은 인내와 기다림을 배우게 되고, 인생의 본질을 생각하게 하는 계기가 된다.

고통이 클수록 삶이 죽음과 맞닿은 것을 알게 되어 삶을 더욱 의미 있고 가치있게 살아갈 원동력과 동기부여가 된다.

*허기와 결핍은 삶의 원동력과 도전의 동기부여가 되기도 한다.

하지만 감사와 자족함으로 자신을 긍정적으로 수용할 때, 순리대로 살아갈 수 있다.

오기와 역행은 분노와 한을 낳는다. 순리와 성실은 사람을 온유하게 하고, 자연 질서를 순행해서 그 뜻대로 풀어가게 한다.

*우울과 절망을 겪어보지 못한 사람은 인생의 깊이와 겸허함을 배울 수 없다.

인생의 바닥을 경험한 사람은 다른 이들을 진정 위로하고 품을 수 있는 진정한 치유자가 될 수 있다.

*고난과 시련의 때에는 심신을 단련하여 깊은 뿌리를 내리고 강인한 정신으로 살아가게 한다.

고난의 때에 미리 감사하라. 그 감사는 결국 최후 승리와 기쁨과 행복으로 나아가게 한다.

*연약할 때, 자신을 살피고,

잘 나갈 때, 겸손히 임하고,

행복할 때, 나눔을 실천하고,

아플 때, 자신의 마음 상태와

일상 패턴을 재정비하자.

*내면화된 고통과 분노와 슬픔은 무의식으로 스미어들어서 내면에 갈등과 내상을 입힌다.

인간의 마음도 통증을 느끼고 살려달라 소리친다.

그것이 불안이요, 우울이요, 정신질환이다.

자신을 돌보지 않고 마음의 감정과 생각을 무시하면 정신적인 문제가 더 심하게 오게 된다.

자신을 알아가고 이해하고 그 감정을 그대로 느끼고 위로하라.

자신을 그대로 인정하고 사랑하는 길이 회복으로 가는 길이다.

환경을 바꿀 수 없다면 자신의 마음을 받아들이고 아껴가자.

*변화는 현실에 적응하는 열쇠이다. 변화에는 고통이 따른다.

사회 속에서 적응하기 위해 변화를 수용하고 환경과 소통하고 사람들과 융화해 가야 한다. 그러면, 사회생활이 원만할 것이다.

우울증은
마음의 감기인가

　사람은 몸과 정신과 영혼을 가지고 있다. 정신은 영혼의 기능, 정신은 뇌의 활동이다. 뇌가 건강하면 정신건강을 잘 관리할 수 있다. 그런데 정신을 관리하지 않고 지속적인 부정적인 감정과 스트레스의 환경에 노출되면 마음의 감기인 우울증이 올 수 있다. 우울증은 누구나 걸릴 수 있는 흔한 병이지만 관리와 치료를 하지 않고 방치한다면 심각한 상태에 이르고 심하면 자살에 이를 수도 있는 위험한 병이다. 우울증은 뇌질환이며 치료는 곧 뇌건강관리이다. 그런데 사람들은 우울감과 우울증은 잘 구분하지 못한다. 우울증은 신체 증상도 동반하고 두통 복통 통증도 유발한다. 일시적인 우울감이 아니라 2주 이상 기분의 저조함과 무기력 식욕과 성욕 저하, 집중력과 기억력 저하를 경험한다면 정신건강의학과에 진료를 받아볼 필요가 있다. 평소에 잘 하던 일도 능숙하지 못하게 되고, 무기력감과 무의욕을 경험하며 불면과 예민함이 있다면 체크할 필요가 있다. 심리 사회적인 영향과 스트레스는 일상생활에 큰 영향을 끼치고 그것이 잘 조절되지 않으면 마음의 답답함과 어지러움과 울적함을 호소하고 표정을 잃어가며 삶이 나른하고 지루하게 느껴지고 하고 싶은 것과 먹고 싶은 것도 별로 없어진다. 사람들도 회피하게 되고 낙이 없어지고 외로움과 소외감이 밀려오며 아무도 나를 이해하지 못할 것 같은 고립된 감정에 빠져든다. 자신의 인생에 후회 원망 억울함 우울 분노 슬픔의 감정이 증가하고 과거에 집착하며 현재는 우울하고 미래는 불안과 두렵게 느껴진다. 이런 신체적 정서적 심리적 사회적인 변화가 있다면 우울증을 의심하고 관리해야 한다.

건강한 뇌건강을 위해서는

1. 수면 관리를 철저히 하자

2. 식사 관리를 하루 세끼 잘 식사하자

3. 운동을 하루 30분 이상 하자

4. 휴식을 종종 가지자

5. 기도와 명상 그리고 호흡법을 해서 심신을 안정시키자

6. 커피 담배 술을 줄이거나 끊자 몸에 안 좋은 것은 관리를 하자

7. 무리하지 말자

8. 감사하는 습관 가지자 영적 생활을 하자

9. 만일 약을 먹어야 하는 경우라면 의사의 처방대로 잘 따르자.

10. 가족과 지인들과 감정 소통을 하자. 병원 지역사회단체 등 공동체의 힘이 필요하다

11. 취미생활로 자기만의 스트레스 해소법을 가지자

우울증은 예방 가능한 병이고 지피지기면 백전백승이다. 병에 대한 이해와 자기 성찰은 우울증 관리에 기본이다. 또한 건강할 때 건강을 지키고 여유 있고 좀 손해 보는 마음으로 너그럽게 살자. 이것이 정신건강에 도움이 되고 인간관계도 원활하게 한다. 사랑은 계산하지 않고 대가 없이 베풀고 돕고 섬기는 것이다. 서로 사랑하자 그리고 건강하고 행복하게 지내자.

내 안에 울고 있는
아이를 껴안아줘야

  불안과 우울이 찾아올 때 감정을 억누르는 것은 도움이
되지 않는다. 내 감정과 하기 싫은 것을 억지로 하며 쌓은
스트레스를 적절히 해소해야 한다. 나의 마음 상함과 외로
움과 아픔을 그대로 느끼고 그 상황과 심정을 헤아려보고,
울고 있는 연약한 어린아이같이 대해 그대로 다가가서 껴
안아주는 것이다. 그리고 슬프면 울고 아프면 괴로워하며
그 감정을 느끼고 공감하는 게 먼저다. 처음엔 혼자 하기
어려우므로 멘토나 상담자의 도움이 필요할 수 있다. 자기
마음을 진심으로 공감하고 이해하는 한 사람이 있으면 사
람은 극단적인 결정을 하지 않게 된다. 나의 마음을 헤아
리는 그 사람으로 인해 죽어가는 사람이 소생하고 생명력
과 활력을 되찾을 수 있다. 누군가 지금도 당신을 위해 기
도하는 사람이 있다. 가족과 지인과 멘토와 공동체의 힘으
로 살아가는 것이다. 내가 혼자라고 느낄 때도 그 감정이
진짜라고 속거나 함몰되지 말자. 자기 비하나 자기 학대를
하지 말고 자신을 소중히 여기자. 가족과 지인과 주변 사
람들을 생각해보자. 내가 손을 내밀면 잡아 줄 사람이 의

외로 많다. 내가 마음을 열면 언제나 도움의 손길은 늘 존재한다. 살 길은 있고 행복할 수 있다. 보통 우울이 올 때는 자기존중감이 결여되고 자신의 미래를 비관한다. 과거에 집착하고 세상을 비관할 때는 그 상황이 현실이라고 착각하기 때문에 극단적 선택을 생각하기도 한다. 하지만 지금 당신은 우물 안에서 그 위로 보이는 세상만이 전부라고 생각하고 있는 것이다. 터널 속을 걸으며 끝이 없을 거라고 낙망하는 것과 같다. 우물 밖에는 아름다운 자연과 세계가 있으며 터널은 끝이 있게 만들어진 구조물이다. 터널 끝에는 밝은 빛이 있고 살 만하며 밝은 세상이 기다리고 있다. 고통 중에 있을 때는 처지를 비관하게 되고 생각이 좁아져서 사유가 왜곡된다. 그때는 부정적인 해석을 피하면서 잘 견디고 이 또한 지나가리라는 것을 믿어야 한다. 질병 상태에 있고 아픈 나의 삶이 계속 지속된다는 생각도 착각이며 망상일 수 있다. 세상은 반드시 변하고 시간과 장소는 변한다. 그리고 내 마음의 생각과 감정도 변한다. 힘들 때 변하지 않는 가치를 붙잡고 믿고 희망하면 반드시 자신을 소망으로 인도하게 된다. 외로우면 외롭다고 말하고 슬프면 슬픔을 느끼자. 먼저 내 연약함과 못난 모습을 드러내고 솔직해지자. 단 한 번뿐인 인생을, 부족하면 부족한 대로, 아프면 아픈 대로, 사랑하며 수용하고 감사하며 순간순간을 임하는 것이다. 바꿀 수 있는 것은 바꾸고 바꿀 수 없는 것은 받아들이는 것이다. 집착은 욕심을 가져오고 마음의 정동을 일으키며 타인에게 지나치게 기대하게 만든다. 그러면 집착으로 인해 번민과 괴로움이 생기고 욕망 속에 갇혀 고통을 받게 된다. 마음이 자유로우려면 집착은 없어야 하고 과한 욕심은 내려놓아야 한다. 내가 무엇을 소유하고 더 가지는 것에 결코 만족은 없다. 어떤 사람이나 무엇을 나의 소유로 가질 수도 없다. 자기식 대로의 집착과 집념과 고집은 욕심으로 인해 고통의 대가를 치르게 된다. 그럴 때 온전한 나 자신으로 존재할 수 있고 나로 충분하다. 더 이상 무엇을 바라거나 집착함이 없을 때 행복은 마음속에 늘 존재한다. 일상 속에서는 소박함과 단순한 생활로 자족하는 것이다. 그러면 나의 인생은 마음이 하나로 집중돼 정신통일이 되고 영혼이 영원과 연결되어 살아갈 수 있다.

상처를
드러내는 용기

　현대사회의 개인화와 기계화와 경쟁은 가속화되고 스마트폰과 SNS의 홍수 속에서 이웃과의 단절은 심화되며 모두들 섬과 같은 존재로 살아가는 세상이다. 사람과 사람 사이에 점점 감정 교류는 없어지고 있다. 자기 증오와 불통은 정신질환을 유발하는 요인 중 하나다. 정신질환의 평생유병률은 25%를 넘는다. 체질적인 요인과 심리 사회적이고 환경적인 요인이 복합적이지만 체질적인 취약성은 약물로 보완을 하고 조절할 수 있다. 심리적인 요인은 인지적인 왜곡을 바로잡고 현실감각을 키우며 합리적인 사고를 함으로써 도움을 받을 수 있다. 이에 더해 규칙적인 생활패턴의 관리와 술, 담배를 절제하는 것은 중요한 기본기가 된다.

　지피지기면 백전백승이듯 병을 알고 나를 알면 승리할 수 있다. 어릴 때 트라우마와 분노감, 두려움, 소외된 감정들은 질병이 발병하는 원료가 된다. 생각과 감정을 타인과 소통하지 못하고 억누르면 마음의 병이 되고 스트레스 과잉으로 뇌의 질환인 정신질환을 유발한다. 체질적인 경향성과 성격과 스트레스 부적응은 서로 연관된다. 스트레스 취약성이 예민한 체질적 경향성과 만나면 촉발 사건을 통해 질병이 유발된다. 망상은 현실의 고통과 아픔에서 현실을 도피하고 자기만의 세계에서 쉼을 주는 자기방어장치다. 하지만 그곳은 아무도 이해하지 못하는 왜곡된 세계이며 괴로운 현실에서 벗어나고 싶은 몸부림에 불과하다. 소외감과 버림받은 마음과 거절감과 상처가 그 틈을 비집고 들어가 피해의식은 피해망상으로 발전한다. '남이 나를 어떻게 생각할까? 나는 외로워. 나는 혼자야. 사랑받지 못하고 인정받지 못해. 사람들이 나를 미워하고 싫어해.' 이러한 자기 비하와 학대의 감정이 나를 괴롭히고 죽이며 미행하는 피해망상을 만든다. 자기 사랑의 부재가 만들어낸 자기 학대의 다른 모습이다. 현실의 나를 지키지 못하고 현실의 나를 지워버리려는 슬픈 퇴행이다. 망상은 오로지 '내'가 자기 세계 안에서 주인공이 되지만, 실제 세상을 왜곡하고 그 안에서 일시적으로 안전감과 행복을 느끼곤 한다. 그러나 이는 결코 현실이 아니다. 피해망상의 반동은 자아도취의 절정인 과대망상이다. 이는 양쪽 날개와 같다. '나는 남과 다르고 나는 아주 특별해'라는 것도 소외감과 열등감의 반작용이다. 그렇게 되면 내가 만든 황홀한 감옥에 갇히게 된다. 현실에서 점점 멀어지는 것이다. 환청도 부정적인 자기 암시가 증폭되어 만들어진다. 때론 달콤하기도 하고, 지시나 명령적인 소리가 자신을 괴롭힌다. 이때가 바로 약물관리가 필요한 시기이며, 감정과 생각을 소통할 사람이 필요한 시기다. 병적 자기 위안은 집착에서 강박적인 사고와 행동으로, 나아가 중독적인 모습으로 나타나고, 심지어 자기 존재를 부인하며 자신을 망가뜨린다. 망상과 환청을 일으키는 기저에는 이런 감정의 억압과 불통이 깔려 있는 것이다. 오랫동안 소통하지 못하고 자기만의 왜곡된 생각과 감정을 키워왔기 때문이다. 고지식함과 완고함, 세심함과 까칠함, 겉사람과 속사람의 심한 괴리감, 미워하고 원망하는 부정적인 감정은 정신증을 더욱 심화시키고 자기만의 생각에 사로잡히게 하며 결국 망상과 환청으로 나아간다. 마침내 처절한 자기 파괴로 감정의 응어리를 호소하며 자멸하려 한다.

대처 방법으로는 약물관리와 예방이 필요하다. 당사자는 병식을 갖도록 힘쓰고 상담과 가족과의 소통과 친구들의 응원이, 의사와 상담사, 사회복지사의 도움이, 다각도의 지지와 응원이 필요하다. 또 정신질환을 수치스럽게 생각하지 말아야 한다. 스스로를 자중자애해야 한다. 먼저 생활 패턴을 바로잡고 마음 태도를 새롭게 해야 한다. 약, 수면, 식사, 운동, 상담, 가족과 지인들의 지지를 받아야 한다. 우리는 각자 한 송이 꽃이며 그 존재는 아름답고 귀하며 소중하다. 스트레스에 취약하고 어떤 아픔과 상처가 있고 고통과 고난으로 많이 힘들었더라도 다시 일어나야 한다. 우리는 혼자가 아니다. 움츠리지 말자. 가슴을 펴고 일어나 걷자. 산책이라도 하자. 많이 넘어졌다고, 여러 번 쓰러졌다고 해서 실패자는 아니다. 실수를 하더라도 배울 수 있다면 계속 성장한다. 걸림돌도 디딤돌이 되어 우리 인생은 회복될 것이다. 도움을 청하고 대화를 하고 자신의 연약함과 못난 점도 이야기하고 인정하자. 내가 먼저 손을 내밀면 누구든지 나의 손을 잡아줄 것이다. 세상은 살만한 곳이다. 비록 지금 어두운 터널을 통과하기 때문에 그렇게 느껴지지 않더라도 조금만 기다리고 점진적으로 벽을 짚고 나아가자. 터널의 끝은 반드시 있다. 약물관리와 생활관리를 통해 자신에게 주어진 일이나 아르바이트를 찾아서 하자. 취미생활도 하며 스트레스를 관리하고 악습관을 버리며 좋은 습관을 만들자. 방을 치우고 규칙적으로 생활하자. 작은 것 하나부터 감사하자. 가족과 친구를 미워하고 원망하는 마음에서 이제는 이해하고 용서하는 마음을 갖자. 특히 관계는 회복의 힘이다. 병을 이해할 수 있는 공동체를 통해 동병상련을 경험하고 정서적인 지지를 받아야 한다. 가족은 가족교육을 받고, 당사자는 병식을 가짐으로써 서로가 의사소통에 있어 변화를 추구해야 한다. 서로 이해하고 배려하고 공감하자. 부모의 일관적이고 강인한 사랑이 치료에 도움이 된다. 서로 온화한 말을 쓰자. 가족은 당사자를 그냥 믿어주고 있는 그대로 사랑하며 응원자가 되어

줘야 한다. 시역사회와 연계해 재활과 재기의 과정을 거치
게 해준다면 더욱 좋다. 고통의 시간을 지나면서 삶의 의
미를 찾자. 상처를 드러내는 것이 용기이며 진정한 강함이
라는 것을 깨달을 수 있다. 모두 함께 상처 입은 치유자가
되어 한국에서 정신질환에 대한 인식이 개선되고 편견이
해소되어가도록 힘쓰자. 더불어 살아가는 아름다운 세상
이 더욱 다가오도록 손잡고 가자. 가정에서는 당사자와 가
족이 서로의 아픔과 고통에 공감하고 진실한 마음으로 나
아간다면 가정이 회복하고 점점 변화되어 갈 것이다. 진실
한 소통은 치유다.

5.
폭풍우
속에서 춤을

*흔들린 나무는 뿌리를 깊이 내리고,

많이 방황을 하고 괴로움을 겪고 감당한 사람은

내면의 강인함과 내적 가치를 알게 된다.

*많이 아파했다면 건강함의 소중함을 알고,

많이 괴로워했다면 참 행복의 의미를 알고,

많이 슬펐다면 참 기쁨의 의미를 알리.

*춤추는 사람은 참 즐겁다. 최고의 운동이자, 스트레스 해소에 매우 효

과적이다. 운동 선상에서 조절하면서 춤을 출 때 건강함과 행복감을

유지할 수 있다.

춤은 손과 손, 마음과 마음, 눈과 눈을 연결하고 뇌를 활성화시킨다.

치매예방에 가장 효과적이며 체중조절과 멋진 몸매도 선물해 준다.

*춤은 기쁨과 즐거움을 주고 행복감을 최고조로 만든다.

인간의 근원적인 본능과 감정을 해소하게 하며 정화시키고 치유시키는 능력이 있다.

터치와 홀딩과 허깅은 치유의 힘이 있다.

심신을 힐링하고 위로하고 긍정 에너지를 충만하게 한다.

*춤은 인간 이면에 희로애락을 표현하는 행위예술이다.

물속에서 수영하듯, 음악과 리듬에 따라

자유로운 감정을 행동으로 표현하는 도구가 된다.

상처 입고 고통에 갇힌 마음이 있다면,

마음의 문을 열게 하고 분노와 미움의 김을 빼고,

심신을 이완시켜 춤에 집중하다 보면 모든 근심은 사라지고

땀 흘리며 분위기와 음악 속에서 희열의 카타르시스를 느끼게 한다.

그날 하루의 스트레스와 번뇌는 해소된다.

*몸의 터치, 홀딩, 허깅은 그 자체만으로도 치유력이 있다.

한 사람의 마음의 상처를 어루만지고 마음을 재생시키고 회복하게 하는 힘이 있다.

웃음과 기쁨을 표현하고 한 사람의 희로애락을 풀어내는 시간이다.

춤은 청량제와 같은 역할을 하고 몸으로 자신을 표현하고 서로 감정을 터치한다.

*인생의 고통과 괴로움도 몸의 움직임에 따라 춤으로

승화되면 현재에 집중하게 되고 무아지경에 이른다.

내가 가진 굴레와 세상의 틀을 잠시 내려놓고 리듬에 몸을 맡겨보자.

춤은 몸의 긴장과 부정 감정을 풀어주고 치유하는 효과가 있다.

마음은 차차 회복되고 편안해진다.

갑갑하고 답답한 감정은 눈 녹듯이 사라지고 나로 나를 객관화할 여유도 생긴다.

*모든 취미생활에는 빛과 그림자가 있다. 긍정적인 요소에 집중하고 최대한 활용하자. 긍정 에너지를 발산하고 순환하며 부정적인 에너지를 해소하자.

어두운 부분은 최소화하고 지금 이 순간에 집중하고 몰입하며 열중하자. 좋은 음악을 느끼고 몸의 감각과 움직임을 경험하자.

엔도르핀과 세로토닌과 도파민이 펑펑 나온다.

삶의 애환과 스트레스는 심호흡과 운동으로 순환되고 자유로운 긍정 에너지로 전환된다.

*인생의 애환과 고통을 승화하는 많은 방법이 있는데, 그중 하나가 춤 테라피이다.

감미로운 음악과 리듬에 온몸을 맡기고

움직이면 자유로움을 경험하게 되고 고통은 몸에서

자연스럽게 해소되어 부정 에너지는 날아가고 기쁨으로 채워져 간다.

지금 순간에 집중하고 호흡하며 땀으로

열정을 쏟는다면 긍정 에너지가 충전된다.

*라인댄스는 공동체로 이루어 추는 동일한 춤으로

소속감을 느끼게 하고 함께하는 즐거움을 경험하게 하며 에너지를 소

통시킨다.

그 자체가 사회적인 소통 힐링이고, 조화와 화합의 하모니이다.

우리 사회도 공동의 목표로 서로 협력하며 자기 위치를 알고 지킬 때,

균형 잡히고 건강한 사회로 나아갈 것이다.

춤과 운동을
통한 내면 치유

춤은 정신적이고 신체적인 교감을 통해 영혼의 자유를 느끼는 데 도움을 준다. 자신의 감정과 마음의 상태를 몸으로 표현할 수 있는 행위는 춤 무술 요가 등이 있다. 기의 순환과 에너지의 소통과 발산으로 행위적인 것으로 표현될 때 감정을 말 외의 방법으로 교감하게 된다. 혼자 하는 춤은 개인의 표현을 최대화하고 함께 하는 커플춤은 사회성과 배려를 하며 자신을 표현한다. 남녀의 홀딩(손잡기)에서 시작해 배려와 연결성 속에서 아름다운 춤을 만들어가는 창조적인 행위 예술이다. 마음의 아픔과 상처도 홀딩으로 치유하는 놀라운 부분이 있다. 어릴 때 나는 흥과 끼가 많아서 아버지가 2층 집 안방에 나이트클럽의 장치를 해주었다. 미러등과 사이키 조명 큰 거울 건축에는 7080 팝송과 댄스곡을 틀고 신나게 춤을 출때면 나는 너무나 행복하고 기쁘고 즐거웠다. 특히 아버지와 신나게 춤을 출 때면 난 너무나 행복했다. 헬스클럽에 GX 프로그램의 줌바를 1년간 하다가 살사하는 분 소개로 2015년 11월에 처음 살사를 배우게 되었다. 살사를 6주가량 해서 초급발표회의 메인으로 서게 되었다. 끼와 흥으로 인해 메인에 섰으나 그 후로 커플춤의 수난시대가 펼쳐졌다. 나는 낯가림이 없어서 지금 생각하면 모든 살세라(살사추는 여자)들에 홀딩을 신청했다. 초급이 이렇게 적극적으로 홀딩을 했으니 그 빠에 살세라들에게 감사할 뿐이다. 살사춘지 이제 시작이라서 춤도 못 추는데 참 민폐였던 것 같다. 만약 살세라가 15명 있으면 모두에게 홀딩 신청을 했다. 지금 생각해보니 참 얼굴이 두껍고 눈치가 없는 행동이었던 것 같다. 그래도 살사를 하는 2년 반 동안 각각 다른 동호회에서 운영진을 했는데, 전국구 동호회에서도 운영진을 하기도 했다. 춤을 통해 긍정적인 에너지를 발산시킬 수 있었다. 신나고 즐거웠다. 내 안의 끼와 흥을 아낌없이 발산할 수 있었다. 스트레스가 확 날아갔고 좋은 감정과 생각이 떠올랐다. 참 행복하고 몰입의 즐거움은 모든 근심을 잊고 떨쳐버렸다. 춤은 정신건강과 신체건강에 탁월하고 인지력과 기억력을 향상시키고 치매를 예방하며 스킨십을 통해 더욱 젊고 건강한 삶을 살아가게 하는 긍정적인 효과가 있다. 지치고 피곤한 현대인들의 효과적인 스트레스 해소법이 될 수 있고, 음악과 춤과 스킨십은 기분을 편안하고 좋은 상태로 만들며 신진대사를 원활하게 하고 체중관리와 다이어트에 최고다. 몸의 균형을 잡아주는 전신운동이며 허리를 강화시키고 근육을 강화하며 스텝을 통해 하체를 튼튼하게 하고 자세도 잡아준다.

나는 줌바와 살사를 통해 3년 사이에 15kg를 뺐다. 과거에 내 전성기 모습과 체력을 회복했다. 이렇게 재미있게 살을 빼고 건강을 찾을 수 있었다. 특히 라인댄스를 좋아해서 즐겁게 댄스를 했다. 강남의 빠에서 운영진을 하며 퍼포먼스 공연도 하고 6개월간 사회도 보고 2016년~2017년 사이에 홍대 마마시따 풀파티와 바차타리브레 쇼미더바차타와 맘보파티 등에서 1등을 했다. 어릴때 무술인과 댄서의 작은 꿈을 작게나마 이룬 것이었다. 전문 댄서도 아니고 그리 고수라고 할 순 없으나 나의 흥과 끼를 발산하기에는 부족함이 없었다. 하지만 커플댄스는 상대방에 대한 배려가 기본이다. 자기 흥만 내세우면 커플춤의 세계에서도 관계의 어려움이 올 수 있다. 상대방에게 맞추고 배려하는 것이 필요하다. 모든 인간관계는 적자생존이고 춤세계에서도 블랙이나 그레이가 있었다. 상대가 싫어하는 행동을 고치고 상대방을 편안하게 배려하는 것이 생존법이다. 댄스를 하면서 보폭과 박자 맞추기 편안한 미소와 표정과 적절한 텐션(손과 팔의 힘) 부드러운 손놀림과 여성이 좋은 턴을 돌게 하는 자세를 잘 잡아주는 각도와 위치 그리고 여성의 자세를 편안하게 하는 거리와 손위치 등을 고려해야 더욱 행복한 춤을 추게 된다. 나의 즐거움만 추구하는 것이 아닌 함께 즐거워하는 것이 중요함을 알게 되었다. 커플춤은 터치를 통한 연결이자 서로에 대한 배려와 교감 그리고 양보와 이해와 배려를 배울 수 있는 사회성과 인간관계를 공부할 수 있는 참 좋은 취미였다.

속마음을 이야기할
한 사람만 있어도

나만의 세계를 깨고 나와서 현실을 받아들이면 있는 그 대로의 나로 살아갈 수 있다. 성장과 성숙은 부모로부터의 점진적으로 분리되는 과정이다. 출생을 하고 어머니 뱃속에서 나와 세상을 볼 때 아기는 힘차게 운다. 어머니로부터 분리된 경험을 본능적으로 알게 되는 것이다. 한 살 미만의 어린아이는 엄마와 내가 하나로 알다가 신체적인 분리를 자각한다. 자기 욕구를 표현하고 그것에 충실한 어린 시절을 보내다가 5~7세에는 어머니와의 심리적 분리불안을 경험하게 된다. 청소년기를 거치면서 조금씩 부모님과의 사회적인 분리를 경험하게 된다. 어릴 때 유기불안과 6~7세쯤 분리불안을 겪은 자는 불안과 우울에 쉽게 노출되고 자기 신뢰 경험이 얇아서 남을 잘 믿지 못한다. 불안 패턴이 변화해서 안정적인 정서 경험이 중요하다. 그리고 20~30세 이후로는 경제적인 분리를 겪는다. 직장도 다니고 여자친구도 사귀게 되고 결혼을 하고 자녀를 키우며 부모님을 떠나 자신의 인생을 만들어 간다. 기질적으로 예민하고 감수성이 풍부하나 감정 표현에 미숙한 아이는 스트레스에 잘 대응하지 못하고 부정적인 감정을 억압하는 경우가 많다. 이 아이는 가정과 사회에서 요구하는 기대치에 억눌리거나 경쟁구도를 견디지 못해 내면의 자아와 겉사람(페르소나)이 심하게 괴리되면서 마음의 병을 얻게 될 수 있다.

외부 자극에 심하게 반응하고 내면에서는 비하하고 학대하며 공격하는 마음이 정신질환이다. 그 배후에는 소통의 부재가 만든 고립의 결과가 똬리 틀고 있다. 또 자기방어기제로 자신의 본래 모습을 부인하거나 투사하며 망상과 환청으로 도피해 들어간다. 이어서 기가 죽고 자신감을 잃고 욕구와 꿈의 좌절로 이어질 수 있다. 그리고 섬과 같은 은둔형 외톨이가 되기도 한다. 입원을 반복하고 자신은 혼자라는 생각에 갇혀버리게 되는 것이다. 진정으로 자신의 속마음을 드러내고 이야기할 수 있는 한 사람만 있어도 우울증으로 가는 것을 예방할 수 있다. 이는 심한 조울증이나 조현증으로 퇴행하는 것을 막을 수 있게 된다. 그래서 동료지원가와 가족지원가의 역할이 중요하다고 할 수 있다. 자신의 마음을 헤아리고 공감하며 이해하는 사람이 주변에 있다면 정신건강을 잘 챙겨갈 수 있다. "내가 힘들다", 그리고 "내가 아프다"고 고백할 수 있는 용기가 있다면, 그래서 도움을 구할 수만 있다면 질환 속으로 들어가서 고통받지 않아도 되며 극단적인 선택도 피할 수 있기 때문이다. 정신증은 순수하고 똑똑하고 지적인 사람들이 많이 겪는 병이다. 이 정신증은 소망이 좌절되고 집착이 심해 주변과 불통하고 욕심이 과할 때 주로 찾아온다. 그래서 자신의 마음을 있는 그대로 보기가 중요하다. 불안과 우울의 배후에 있는 자기 불신, 의심과 염려를 내려놓고 연약한 자신의 모습을 이해하고 그 모습까지 껴안아야 한다. 또 내가 느끼는 감정을 이해하고 그것까지도 받아들이는 자세가 필요하다. 내면의 수치심과 부끄러움도 인정하고 그 자리에서 다시 일어나야 한다. 괜찮은 척, 강한 척, 아닌 척해서는 아무런 도움이 안 된다. 자신의 연약함을 드러내는 것이 진정한 용기이다. 마음속에 고인 부정적 감정을 먼저 이해하고 적절히 해소할 방법을 터득해야 한다. 감정이 해소되면 뇌가 안정되게 된다. 불안, 우울, 분노, 공격성이 감소되고 자신의 본모습도 찾아가게 된다. 좋은 사람과 대화를 해도 좋고 운동을 하거나 취미생활을 즐기는 것도 좋다. 말로 소통하고 몸을 움직여서 풀고 좋은 음악을 듣고 해소해도 좋다. 그리고는 셀프 토크(self-talk)로 '나는 나', '나를 사랑한다', '나을 수 있다'라고 고백하고 '나는 할 수 있다', 혹은 '나는 할 수 있고 해낼 수 있다'라고 말해보자. 나에게 있는 것들을 하나하나 감사하고 미소를 지어보자. 웃는 얼굴은 얼굴 근육에 연결된 뇌신경에 영향을 주어서 기분 좋은 상태를 만들어 준다. 상대방도 보기 좋다. 웃음은 거울 세포를 통해 상대방에게 전달된다. 주변 사람에게 주는 가장 큰 선물은 밝은 얼굴이다. 웃은 사람은 건강하고 행복해진다. 뇌가 활성화되고 엔도르핀과 세로토닌이 적절히 나와 유쾌하고 시원한 마음으로 '재부팅'된다. 기분이 울적하면 좋은 사람들과 진솔한 대화를 하거나 자전거를 타거나 푸시업을 하거나 걸어보자. 셀프 토크로 자기 암시를 하고 걱정과 염려를 내려놓고 감사하는 기도를 해보자. 그러면 마음이 잔잔해지고 점점 좋은 감정과 활기찬 생각으로 회복된다. 피로도 풀리고 컨디션도 좋아진다. 매일 입버릇같이 감사하는 습관을 실천하고 감사 일기도 써보자. 그럴 경우 회복 탄력성이 커지고 면역력도 높아지는 걸 느낄 수 있다. 무엇보다 규칙적인 수면과 식사, 운동은 뇌를 안정화시켜 심리적인 편안함을 유지하게 돕는다. 운동은 잡생각에 빠지는 악습관을 멈추게 하고 머리를 편히 쉬게 해 불안과 우울을 감소시키고 좋은 기분을 유지시킨다. 또한 나는 단전호흡을 권하고 싶다. 단전호흡으로 뇌파가 알파파로 변해 심신이 고요해진다. 가슴으로 하는 흉식호흡은 심리적으로 불안하게 만들지만 배로 호흡하는 단전호흡은 마음을 담대하게 하고 기를 살리고 안정시키는 역할을 한다. 신체적으로는 혈압과 당을 낮춰 주어서 성인병을 예방하고 신진대사와 혈액순환을 돕는다. 그리고 기도가 있다. 기도는 신과의 접촉이며 에너지의 선순환으로 마음을 비우고 나의 마음을 드리면 두려움과 염려가 아닌 용기와 희

망이 생기게 한다. 감사드리는 마음가짐을 가질 때 새롭게
되고 내면의 쉼을 얻게 될 수 있다. 그러나 이 모든 실천들
도 생활에서 활용하지 않고 아는 것으로 그치면 도움이 안
된다. 하나하나 실천해보며 치유와 행복으로의 과정에 서
기를 진심으로 바란다.

링컨 "나는 여러 번 넘어졌으나 다시 일어났다"

약물치료만큼 중요한 것은 스트레스 관리법이다. 재발에 대한 예방법도 약물치료와 더불어 스트레스 관리법에 있다고 해도 과언이 아니다. 모든 질병은 발병이나 재발 전 한 달에서 1~2주 사이에 몸에 특별한 신호를 보내주고 미리 예방할 수 있는 시간을 가지게 한다. 그 신호를 인식하는 것이 중요하다. 방치하고 무시한다면 재발은 불 보듯 뻔하다. 잘못된 습관과 패턴으로 생활하다 보면 몸과 마음에 피로가 쌓이게 되고 고통을 호소한다. 그 과정에서 병을 인식하지 못하면 억압된 감정이 용수철같이 튀어오르기도 한다. 감정의 소통이 치유인데 그 흐름이 막히면 고인 물같이 썩게 되고 쌓인 분노는 다른 방식으로 위장된다. 괜히 주변 사람에게 화풀이를 하거나 자신의 감정을 조절하지 못하고 우울감과 불안감, 분노와 두려움이 교차하면서 감정에 불순물이 쌓인다. 그러면 몸은 그 감정으로 인해 통증을 느끼게 되고 여기저기가 이유 없이 아픈 상태로 이어진다. 그러다가 두통, 복통, 위장장애, 설사, 과민성대장증후군, 피부 질환, 변비 등 소화기에 이상이 온다. 또 면역계와 연관된 질병을 초래하거나 허리 통증이나 신경증을 유발하기도 하고 좀 더 심해지면 불안증과 우울증을 거쳐 조울증과 조현증으로 발전한다. 감정이 불편해지고 수면장애가 오면서 숙면을 취하지 못해 예민하고 짜증을 많이 낸다. 이어 가족과 마찰이 생기게 된다. 자신의 감정과 생각을 주체하지 못해 철학과 종교에 심취하거나 때로는 과격한 감정을 보이기도 한다. 결국 나와의 관계, 남과의 관계, 사회와의 관계에 갈등과 마찰이 일어나게 된다. 스트레스로 인해 짜증과 분노가 나타나고 현실에 대해 부정적인 해석으로 이어진다. 세상이 냉혹하게 느껴지고 사람들로부터 심한 외로움과 소외감을 느끼기도 한다. 그러면서 사람과의 관계에서 오해와 착각이 생기게 되고 소통의 단절로 대인관계의 어려움을 넘어 대인기피로 발전하게 된다. 누구도 나의 마음을 알지 못하고 소통하고 싶지 않다고 생각해 혼자 있게 되거나 여기저기 겉돌게 된다. 마음의 문을 닫기 시작하는 것이다. 점점 무감각하고 경직된 마음으로 굳어져 슬프고 희망 없는 내면 상태로 변해 세상과 벽을 쌓는다. 고립되면 정신증으로 가고 표출되면 사회에 대해서 공격적으로 변화한다. 분노의 방향이 내부로 가면 우울해지고 분노의 방향이 외부로 가면 사회에 불만을 표현하게 되는 것이다. 자신의 내면의 소리가 계속 귀 기울여 달라고 하지만 이를 무시하면 자신이 힘든 이유를 모르게 되고 정신적인 문제는 더 심해진다. 알지 못하는 분노와 혼란감이 찾아와 마음이 흔들리고 현실을 외면하면서 점점 자기를 위로하는 방어기제 속으로 들어간다. 현실을 받아들이려다가 스트레스를 감당할 수 없으니 자신이 만들어 놓은 안전한 세계 속으로 들어가서 자기를 위로하는 상태가 곧 망상과 환각의 세계이다. 현실을 자기 식대로 변형시켜서 자기를 안전하게 만들고 이는 현실감을 떨어뜨려 정신질환으로 발전할 수 있다. 이런 마음 자세로는 세상 속에서 적응하기 어렵다. 이렇게 된 이유 중 하나는 자신의 고통에 소극적으로 반응하고 현실을 두려워하고 회피했던 태도도 한몫을 한다. 스트레스에 적극적으로 대응하지 못한 나의 불찰도 있다. 물론 외부의 고통이 심하게 찾아왔기 때문에 이를 처리하지 못하고 상처와 트라우마로 남는 경우도 있지만 이를 언제까지 탓할 경우 스스로 회복에서 멀어지게 한다. 따라서 마음을 닫았던 나의 태도를 변화시켜야 한다. 재발 전에 꼭 재발 경고를 체크해서 약물 증량의 골든 타임을 놓치지 않아야 한다. 그리고 멘토와 소통하고 가족의 지지 또한 필요하다. 자기만의 공간이나 쉼터에서의 회복 시간이 필요하다. 1~3주가량 잘 관리해 주면 재발 위기를 넘어가게 되고 입원하지 않고 외래치료만으로 건강을 관리할 수 있다. 나아지는 단계나 예방 단계에는 뇌를 안정화하는 것은 언어화로 풀어가는 것이 필요하다. 말은 사람

올 살리기도 하고 죽이기도 한다. 살리는 말을 들으면 죽어가던 마음이 다시 살아날 수 있으며 생명의 기운이 소생될 수도 있다. 스트레스 관리법도 꼭 필요하다. 말로 부정적 감정 털기를 매일 실행해야 한다. 감정을 토로하고 믿을 수 있는 사람이나 멘토와 소통해야 한다. 그 소통을 통해 희망을 발견하면 자기 망상과 환각 속에서 나올 수 있다. 이때 적절한 약물치료도 아주 유익하다. 또 치유되기 위해 자신의 나쁜 습관을 버리려는 의지를 가지면 용기를 얻게 되고 회복으로 가게 된다. 생각과 감정의 패턴의 전환이 자신을 죽음의 늪에서 빠져나오게 하는 동아줄이 되어준다. 사업 실패로 심한 우울증과 신경증으로 정신건강의학과 병원에 입원했던 미국의 링컨 대통령이 말했다. "나는 많이 넘어졌으나 그곳은 결코 낭떠러지는 아니었다. 그래서 다시 일어났다". 결코 포기하지 말자. 터널의 끝은 반드시 있고 몇 발자국만 더 나아가면 일상 속에서의 자유함을 경험할 수 있다. 지루한 일상이지만 규칙적인 생활의 반복은 자신의 내면을 튼튼히 만들고 회복탄력성으로 더 큰 위기도 이겨낼 힘을 준다. 매일의 스트레스는 운동과 등산, 음악감상, 예술활동, 취미활동 등으로 승화하자. 절박함을 가지고 바닥부터 다시 시작한다는 마음을 먹는다면 회복의 방향이 보일 것이다. 나에겐 소망이 없다는 것은 인생의 끝이 아니라 새로운 시작점이 될 수도 있다. 부정적인 마음에서 긍정적인 마음으로 살겠다는 결단은 매일매일 마음의 힘을 모으게 해서 건강하고 행복한 삶으로 인도할 것이다. 질병 속에서 전전긍긍 살아가는 삶이 아니라 연약하더라도 그 연약함을 인정하고 보다 건강하게 현실의 행복을 누리는 삶을 살아야 한다.

7.
내면의
근육을 기르자

*인생의 바다를 헤쳐나가는 배는 험한 풍랑과 강한 태풍이 올지라도 당당히 제 갈 길을 힘차게 가고 목적지를 잃지 않고 방향을 잡고 나아가리라.

*행복은 존재가치의 인정 x 감사/욕망이다.

욕망이 적을수록, 감사는 커지고 더 행복해진다.

물질 소유와 외면적 부, 성공만으로는 행복이 더 커지지 않는다.

내면의 가치와 존재 이유 속에 행복이 있다.

*나의 가장 큰 적은 바로 나 자신이다. 내 안에 게으름, 나태함, 거짓, 교만, 이기심과 싸우라. 에고가 깨어지면 성숙되어가는 "참 자기"를 만날 것이다.

이 시대의 멘토는 누구인가? 책 속에 시대를 초월한 수많은 멘토들을 만나고 그분들의 가치관과 사상을 배울 기회가 있다. 인생은 배움의 연속이다. 자신을 이해하고 외부로부터 들어오는 지식과 지혜를 판단력과 분별력으로 선별해서 자기만의 가치관과 사상을 만들어가는 것이 숙제이다. 늘 배우는 자는 성장한다.

*독서는 뇌를 운동시키는 것이다. 나만의 아집과 고집과 독선에서 깨어나게 하고 세상과 나를 탐구하게 한다. 뇌를 단련시켜 건강한 지성과 감정과 의지를 형성시킨다. 책을 읽는 사람은 소신이 있는 사람이고 지성인이 되어간다. 책을 읽은 대로 다 실천해 살 수는 없겠지만 인생의 방향을 잡는데 배의 키와 같은 역할을 해줄 수 있다. 인간은 책을 읽고 느끼며 영혼이 성장하고 성숙해간다.

*책읽기와 글쓰기는 마음과 내면의 근육을 단련을 시킨다. 새로운 마음가짐과 건전한 사고방식으로 살게 하고 자신의 감정과 생각을 정리 정돈시켜 통합적이고 합리적인 판단력과 지성과 창의성을 높여준다.

*어느 대형서점에 쓰여있는 글귀처럼 사람은 책을 만들고 책은 사람을 만든다. 책을 읽는 사람은 자신을 성찰하고 인생을 진중히 살아갈 수 있게 한다. 책을 읽는 사람은 참 행복하다.

*책을 읽는 사람은 발전을 하고 늘 성장하는 사람이다. 새로운 정보와 지식과 사상을 배우고, 세상을 보는 시각을 넓혀준다. 과거와 현재와 미래를 보는 관점을 열어준다. 인생을 직접경험으로는 아주 적게 경험할 수밖에 없으나, 책읽기를 통해서 간접 경험은 넓고 깊고 광대한 세계로 들어가게 한다.

*인간 내면에 대한 고찰과 신을 아는 지식만큼 나를 알 수 있다. 독서를 통해 인생에 대한 진지한 대면은 삶을 심도 있게 살 수 있는 귀한 자원이 된다. 지난번 사우나에서 본 글귀가 신선하게 다가왔다. "몸을 닦는 것은 마음을 닦는 것이고 마음을 닦는 것은 사람이 되는 것이다."

*운명이란 강자에게는 약하고 약자에게는 강하다. 운명을 이기는 힘은 하늘의 영적 생명과 은혜의 힘을 의지하는 것이다. 그러면 순풍에 돛단 배같이 나아가리라. 넘어지고 힘들 때 기억하라. "내 힘들다"의 반전은 "다들 힘내"이듯이 사방이 막힌 절망 가운데서도 하늘만은 항상 열려 있다. 하늘을 보라. 그리고 감사하라. 뜻과 길이 열리리라.

학습과
정신건강

　책읽기는 정서적으로 도움을 주고 호흡을 잔잔하게 하고
규칙적인 안구 운동으로 뇌를 활성화한다. 책을 이해하고
새로운 지식을 주고 간접경험은 자기발전과 자기계발을
돕는다. 새로운 지식은 지적 욕구를 불러일으키고 인지력
과 기억력을 증가시킨다. 책은 마음의 힐링이고 저자의 사
상과 정서적인 부분을 이해하고 교류하게 된다. 책을 읽으
면 정신건강에 아주 좋으며 뇌를 활동하게 한다. 세로토닌
과 엔도르핀 등 좋은 호르몬이 나오고 스트레스 호르몬은
감소하며 기분을 전환시킨다. 매일 규칙적으로 책을 읽고
정신건강을 챙기고 인지 기능을 향상시켜서 뇌를 활성화
시키고 치매를 예방하자. 집중력과 기억력을 증가시키고
정신질환 치유에도 긍정적 작용을 하게 된다.

　심리적인 상처와 트라우마를 힐링하는 과정과 그 관리법
과 대처 방법을 이야기 들을 수 있으며 여러 사례들과 사
연들을 듣고 그들이 어떻게 마음을 관리하는지 알 수 있게
되고 극복한 과정을 살펴보며 생생히 들을 수 있다. 그 사
람의 인생이 고스란히 녹아들어 가 있고 그 안에 내용에서
순수성과 진실성을 볼 수 있다. 현대사회는 SNS와 미디어

매체로도 지식과 지혜를 전수한다. 자신의 관심사와 목적의식만 있다면 체계적으로 지식과 지혜와 기술을 배울 수 있는 세상이 되었다. 하지만 정보의 홍수시대에 분별력 있는 지혜가 필요하다. 그러기 위해서는 일상에서 독서와 글쓰기와 사색의 시간을 가져야한다. 책읽기는 사람을 회복시키고 실천한다면 고치는 부분도 있다. 자기를 살펴보고 성찰할 계기를 만들고 나만 힘든 것이 아니라는 보편성을 가지게 된다. 자기 안에 머무르지 않게 하고 주변과 세상에 눈을 키우게 되고 생각의 폭과 넓이와 깊이를 더하게 된다. 책읽기와 글쓰기를 함께 한다면 시너지 효과가 있다. 풍부한 감정 표현으로 감정을 이해하고 표현된다면 스트레스는 그 말을 표현함으로 소통되는 편안함과 안정화를 찾을 수 있다. 말로 표현한 말은 속을 시원하게 한다. 짜증과 분노를 치유하고 자기 이해로 상황 대처법이 나아지고 감정조절도 나아진다. 속마음을 글쓰기로 문자화하고 명료한 언어로 표현될 때 감정은 소통된다. 마음의 희로애락을 표현하고 부정적 감정도 편안하게 표현할 수 있고 대화기술도 가지기 위해서 먼저 글로 써보기도 하고 말로 표현해 본다면 적극적이고 능동적인 사람이 될 수 있다. 자신의 감정과 기분을 잘 이해하고 표현한다면 타인에게도 같은 배려를 할 수 있어서 보다 사회성 나아진 사람이 될 수 있다. 감정소통은 진정한 치유이고 경청과 공감과 격려보다 더 큰 배려는 없으며 이런 따뜻하고 존중은 상대에 대한 찬사와 같다. 상대를 가장 가치 있고 소중하게 대해줄 때 나도 그런 대접을 받을 수 있다. 또한 글쓰기는 자기 생각과 감정을 정리할 수 있게 하며 마음의 불순물을 제거해 준다. 글쓰기를 통한 치유력 역시 크다. 이는 상담의 효과와 더불어 검증된 치료법이기도 하다. 뇌가 회복되기 위해서는 매사에 감사하는 습관과 운동, 기도 생활과 공동체 훈련, 영적 생활이 필요하다는 어떤 뇌 과학자의 연구결과가 있다.

표현된 것은 소통의 길을 열고 대화와 회복의 장을 만들 수 있기에 소중하다. 병을 이해하고 알기 위해서는 반드시 자신의 기질 성격 정서 심리에 대한 통합적인 이해가 필요하다. 그러기 위해서는 감정일기 쓰기가 큰 도움이 된다. 정신증과 중독의 문제를 가진 사람뿐 아니라 일반인에게도 더욱 건강한 삶을 선물해 준다.

나는 적적하거나 외롭다는 생각이 들 때 무작정 글을 쓴다. 나의 감정과 생각을 거침없이 쓰고 표현하다 보면 내가 이 세상에 살아 있고 그래도 세상은 살 만하다는 마음이 들기 때문이다. 페이스북이나 일기장에 글을 쓰다 보면 나를 돌아보게 되고 삶을 점검하며 성찰하게 된다. 그러면 긍정적인 시각이 생기고, 비록 사면초가라도 현재 기도할 수 있으며, 하늘은 늘 열려있고 희망이 있다는 걸 알게 된다. 그리고 틈틈이 양서를 읽으며 마음의 양식을 쌓는다. 큰 위로와 기쁨이 된다.

감정일기 쓰기

1. 나에게 일어난 나쁜 기억 한 가지

내가 언제 화나고 나쁜 감정이 드는가를 아는 것은 내가 중요히 여기는 것을 아는 것과 같다. 그러면 나란 사람이 누구인지 알게 된다.

2. 좋은 기억 한 가지를 써보고 자신에 대해 알아가자. 자기성찰에 도움이 되고 나의 가치관을 알 수 있다.

3. 내일의 계획과 내가 하고자 하는 일에 대해 써보기 긍정적인 삶의 태도와 목적의식을 확고하게 하고 내가 무엇을 해야 하는지 알게 된다. 인생 목표와 계획이 있다면 나의 연약함을 극복하고 관리하는데 많은 도움을 준다.

회복이란 지금 이 순간에
집중해 살아가는 것

정신질환은 10대 후반에서 20대 중반 사이에서 많이 발병한다. 겉보기엔 순종적이고 착한 아이인데 겉과 내면의 차이로 괴리가 발생하면 속앓이를 하게 된다. 가정의 분위기와 사회의 틀에 자신을 끼워 맞추고 그 억압의 형식을 좇아가게 되면 결국 자기 개성을 잃어버리고 사춘기를 심하게 겪게 된다. 자기가 하고 싶은 것과 좋아하는 것이 별로 없거나, 있더라도 그것에 대한 긍정적인 피드백을 받지 못했을 때 성취감은 좌절되고 자신감을 잃고 욕구의 상실을 경험하게 된다. 부정적인 경험이 반복되면 열등감과 좌절감과 수치심이 생긴다. 그러면 자기 개성화를 가지지 못하게 되고 우울감과 불안감이 증폭될 수 있다. 자기 이해하기보다는 가정과 사회의 압박이 스트레스로 작용하고 취약성 기질은 난관에 부딪히며 내면의 빛을 잃어간다. 그렇게 부정적 경험 반복되면 수치심과 우울감 높아져간다. 눈빛에 힘이 점점 없어지고 살고 싶지도 않고, 하고 싶은 것도 무엇인지 모르게 된다. 우울과 불안과 슬픔과 괴로움으로 속앓이를 하며 자존감과 자신감은 바닥을 치게 된다. 정신건강에 어려움을 겪는 사람들은 기질적으로는 감수성이 예민한 사람들로 5명 중 1명꼴로 약한 감각에도 쉽게 반응한다. 특히 눈의 초점 범위가 지나치게 좁고 청각도 유난히 예민한 사람들이 많다. 타인의 말에 상처를 쉽게 받고 유리처럼 부서지기 쉬운 마음을 갖게 된다. 유아기적인 자기중심적 사고가 강하며 내면의 성취 욕구는 크지만 외부 자극에 심리적으로 위축되기 쉽다. 이 같은 심리적 취약성은 성장 환경에서 정서적 지지보다 외로움과 소외감을 많이 느낄 때 형성된다. 가정과 학교에서 지적당하고 간섭을 많이 듣고 자랄 경우 그 배경 원인이 되기도 한다. 부모의 기대치에 부응하려고 하지만 그게 완성되지 못할 때 내적 좌절감을 깊이 느낀다. 감정 표현에 솔직하지 못하게 되고 의사 표현을 잘 하지 못해 속으로 담아두는 버릇을 갖게 되면서 정신적인 문제를 유발할 가능성이 상존한다. 예의 바르고 똑똑하고 착하며 사회 규범을 잘 지키고 규정화된 삶을 살아온 고지식한 청년들이 정신질환에 노출되기 쉽다. 내가 진짜로 하고 싶은 게 무엇인지 고민할 시기인 청소년기에 가정과 학교 분위기에 억눌려서 자기정체성을 찾지 못할 때 정신적 문제가 발생하게 된다. 청소년기의 두 가지 발달 과제인 나만 독특하고 특별한 사람이라는 '개인적 우화'와 남이 나를 어떻게 생각할까라는 '상상 속의 청중'이라는 심리를 극복하지 못할 때 정신질환으로 들어가는 것을 볼 수 있다. 기질적인 취약성과 스트레스에 민감한 사람일수록 이 발달 과제를 넘어가지 못할 경우 생각과 감정이 고착화돼 퇴행되기도 쉽다. 그러면 자기정체성을 세우지 못하고 자기 세계 안에 머무르게 된다. 가정 안에서 갈등이 유발되고 교우 관계에서 소외되고 고립되기 시작되면 마치 고인 물이 썩듯 생각과 감정이 상하게 돼 자기방어기제로 자기만의 세계 안에 있으려는 경향을 보인다.

이는 정신질환으로 들어가는 통로가 되며 미움과 원망속에 살면서 '남 탓'을 하는 부정적인 감정 속에 살게 된다. 자기 부정 암시의 증폭이 발전하면 그게 좌절된 꿈과 욕구의 빗나간 보상으로 망상을 만들고 무의식적인 투사로 자아 내면의 또 다른 목소리인 환청이 되기도 한다. 회복이란 결국 좌절된 욕구를 제대로 알고 자기를 이해하고 자신을 사랑하는 데서 시작된다. 지금 이 순간에 집중해서 살아가야 한다. 과거의 기억에 갇혀 있다면 그곳에서 나와야한다. 내가 정말 낫기 원하는가, 그리고 어제의 나보다 나은 오늘의 내가 되기 원하는가를 생각해봐야 한다. 비교 의식과 열등감은 악순환의 고리일 뿐 해결책이 될 수 없다. 지금 이 순간에 내가 할 수 있는 건 내게 있는 것을 감사하고 나의 연약함과 수치감과 분노와 좌절감을 인정하는 것이 먼저다. 후회와 원망은 결코 인생에서 앞으로 나아갈힘을 주지 않는다. 그러니 여기서 결단하고 몸을 움직여야 한다. 너무 멀리 미래를 내다보지 말자. 어두운 터널 속에서 너무 빨리 벗어나려고 장밋빛 인생을 미리 꿈꾸다가 현실 판단력이 약해지면 허황된 망상을 불러올 수 있다. 우선 안전하게 일상생활 패턴을 유지하고 계단을 한 칸씩 올라가듯이 지금 이 순간을 충실히 보내는 것에 집중해보자. 가족의 경우 절망 속에서도 작은 희망을 가지되 당사자의 너무 빠른 회복을 갈망하지 않아야 한다. 조급해하면 당사자에게 큰 부담이 돼 좌절감이 커진다. 당사자의 자기결정권과 주체성을 인정하고 당사자의 눈높이에서 2인 3각 게임과 같이 같은 속도를 맞추어서 나가야 한다. 그리고 가족이 먼저 치유돼 마음의 중심을 잡을 때 당사자를 진정 도울 수 있다. 더 이상 당사자를 가르치거나 지적하기보다 기다리고 인내하고 소통하자. 때가 차면 회복의 시기가 차차 다가온다. 그 대신 당사자의 진정한 지지자가 되기 위해 가족교육과 병에 대한 공부를 하고 상담적인 도움을 얻거나 가족협회와 심지회 등 정신장애 가족 공동체의 도움을 받자. 당사자도 지지를 얻어 생활관리와 약물관리, 규칙적인 수면, 식사, 운동, 스트레스 해소법을 찾고 관리하며 지내는 습관을 가져야 한다. 자신의 신체 상황과 심리를 이해하고 자기만의 재발 경고를 체크하고 예방 노하우를 터득해 건강을 관리하는 법을 배워나가야 한다. 약물치료와 상극인 술과 담배 등 중독성 물질은 가급적으로 피하고 건강을 매일 체크해야 한다. 정신질환으로 고통을 겪지만 정신질환을 통해 깨달은 삶의 목적과 의미를 찾아갈 수 있다. 정신질환을 통해 고난 가운데에서도 인내할 수 있는 건 영적 의미와 가치가 있기 때문이다. 환란은 인내를, 인내는 희망을 가져온다.

억눌린 감정에서
자유로워져야 치유

정서적인 자유로움은 참 중요하다. 억눌린 감정에서의 자유로워질 때 정신증에서 점차 자유로워진다. 어렸을 때부터 아버지를 통한 감정의 억눌림이 많았다. 24세에 부모님이 이민을 가시고 아버지와 분리되면서 내가 억눌렸던 감정이 되살아났다. 내가 나답게 살아갈 수 있고, 책도 보고 운동도 하고 영어학원도 다니면서 가장 나답게 살아가는 것을 배우기 시작했다. 그래서 자유로움을 찾기 시작했다. 아무래도 스트레스를 주는 사람이 가까이 있지 않으니 어떤 것에 간섭하거나 나를 조정하려고 하는 사람이 없어진 것이다. 예로 아버지를 들 수 있다. 그리고 심히 걱정하고 염려하는, 나와 정서적으로 밀착되어 있는 어머니와도 분리된 것이다. 신체적 거리는 멀어졌지만 부모님과는 정서적인 자유로움이 높아졌다. 부모님의 감정 표출이 없었기 때문에 정서적으로 발달될 수 있었다. 어떻게 보면 나는 정서적으로 굉장히 민감한 사람이었고, 감수성도 예민했지만 그것을 표현하고 지성적으로 정리하는 힘이 없었다. 그래서 혼자 지내면서 심리적으로 지성화를 시키려고 노력했던 것 같다. 책도 많이 읽고 운동도 열심히 했다.

어떤 분들은 감정을 너무 억압했다고 할 수도 있겠지만 20~30대에는 감정이 자주 요동치면서 그 부분을 해석할 틀이 필요했던 것 같다. 지성적인 것을 통해 그것들을 조절했던 것 같다. 일단 심리치료를 통해 인지행동적인 접근을 했다. 생각의 틀을 바로잡기 위해 왜곡된 생각들을 잡아내는 것이다. 벡의 이론 같이 핵심적인 왜곡된 생각들을 찾고 그다음 비합리적인 사고를 합리적인 사고로 바꾸는 엘리스적인 접근을 했던 것 같다. 비합리적인 사고로는 흑백 논리를 많이 들 수 있다. 최상 아니면 최하로 해석하거나 또 모든 것은 '내 탓'이라고 돌리는 부분도 있었다. 내면적인 것에 모든 것을 맞추면 우울증을 유발했던 것 같다. 고지식하고 융통성 없고 책임감이 강한 사람일수록 우울증에 더 쉽게 빠진다. 그래서 다방면으로 생각할 수 있는 힘으로 키우려고 했던 것 같다. '나의 문제도 있지만 외부적인 문제도 있다'라는 식으로 통합적인 사고를 한다. '저 사람이 문제일 수도 있다'라는 부분도 생각한다. 이렇게 어떤 상황을 볼 때도 다각도로 생각할 수 있는 폭을 넓히기 시작했던 것 같다. 그러면서 20~30대까지 재발 위기가 왔는데 조울증이 올 때 환청과 망상을 동반했다. 망상이 왔을 때 관계망상, 피해망상, 종교망상, 과대망상을 모두 경험했다. 그때 망상들에 깔려 있는 그 핵심 사고들을 찾아

내기 시작했다. 그런 것들을 연구하면서 내가 가지고 있는 취약점이 무엇인지를 구분하기 시작했다. 내가 누구인지, 내 병이 무엇인지에 대해 연구한 것이다. 병에 대한 공부를 많이 하게 됐고 나 자신에 대한 이해를 갖추기 위해 나의 강점과 약점들을 분류해서 노력을 했다. 핵심 사고로는 모든 것을 내 탓으로 돌리는 자책적이고 자학적인 생각들이 많았다. 어떻게 보면 낮은 자존감과 열등감과 완벽주의적인 성향이 꼬리에 꼬리를 물고 나를 괴롭혔던 것 같다. 계속 억눌려서 비교의식을 하게 되고 감사하는 마음도 들지 않고 불평불만으로 부정적인 인생을 살고 있었던 것이다. 그래서 자살을 생각했고, 시도하려고 했었고, 내가 감당할 수 없는 상황에서 폭발하면서 20대 초반에 조증을 유발했다. 깊은 우울증의 반동으로 인해 2년 동안 병원생활을 했고 오랜 기간 동안 3번의 입원, 그리고 병원 안에서도 재발했다. 병원 안에서 의사 선생님들이 열정적으로 잘 대해줬고 간호사와 보호사들도 좋았다. 22세에 마지막 입원에서 부모님은 제가 완치하고 나오기를 바라셨던 것 같다. 병에 대한 지식이 부족해서 완치될 수 있는 병이라고 생각을 했던 것 같다. 오랜 시간을 두면 완치해서 나올 수 있을 것이라고. 그러나 완치병이 아니라 관리병이니, 한편으로 보면 너무 오랫동안 병원에서 두었던 것 같다.

나는 기질적으로 조울 기질이 다분했다고 생각한다. 활

달하면서도 약간은 소극적 내성적이었던 부분도 있었고 또 두 가지를 다 가질 수밖에 없는 환경적인 요인들도 있었다. 아버지는 어떤 날은 나를 대장처럼 대해주고 어떤 날은 나를 무시하는 것 같이 대하기도 했다. 이렇게 변덕을 많이 부리는 부분들은 어린 나이에 불안감을 많이 느꼈던 것 같다. 심약한 부분이 컸기에 기질적으로 취약했던 부분도 많았다. 그런 상황에 노출이 많이 되다까 활달하지만 소심하고, 소극적이지만 굉장히 적극적인 두 가지 면을 가지게 된 것 같다.

그런 배경에서 나에 대한 이해가 좁고, 약간 양심이 곧고 고지식한 면이 많았다. 융통성 없게 대처해서 쉽게 우울해지고 외로움도 살 탔던 성향이 되어갔다. 다방면으로 굉장히 고립되기 쉬웠던 상태였다. 그런 것을 적극적으로 표현할 수 있는 용기는 부족했던 아이였다. 20대 중반까지는 타인이 나를 어떻게 생각할까라는 게 제 인생의 모토였다. 참 자아가 없었다. 자아가 없는 사람이 걸리는 병이 정신증이다. 그러다가 자기중심을 잃어버리면 현실감각을 잃어버리게 된다.

아버지에 대해서는 용서의 5단계를 거쳤다. 부인, 분노, 타협, 우울, 수용 등 5단계를 거쳐서 점진적으로 이루어진 것 같다. 그 과정에서 아버지에 대해 분노도 해보고 아버지한테 원망의 편지도 써보았다. 그 모든 것이 해소되면서 용서를 경험했다. 그리고 마지막으로 가서는 그것을 받아들일 수 있는 용기가 생겼다. 아버지와는 갈등이 계속 있었고 2~3년 정도 말을 안 하고 살 때도 있었다. 어떻게 보면 그런 침묵의 시간 또한 아버지께도 기도의 시간이었다. 나역시 고민하면서 심리치료와 지지치료 외에도 기독교 상담을 받았다. 이십 대 후반 이후로 부모님에 대한 원망이 없어졌다. 나를 이해하면서 다 풀어졌기 때문에 부모님에 대한 긍정적인 상이 생기게 됐다. 어떻게 보면 모든 사람이 질병 가운데 있다고 할 수 있다. 완전히 건강한 사람은 없다. 장애다, 비장애다 이런 것도 큰 관점에서 보면 두 사람다 마음의 장애를 가지고 있는 사람인 것이다. 인간은 완벽히 온전한 사람이 아무도 없다. 마음의 한 편에는 누구나콤플렉스와 연약함을 가지고 있다. 사람들은 그것을 페르소나를 쓰고 감추거나 그것을 밀어낸다. 그러다 보면 다른 부분에선 약함이 드러난다는 것이다. 대처하는 방법을 몰라서 질병으로 드러나는 사람이 있고 질병을 감추면서 살아가는 사람이 있고 그것을 적극적으로 대처하는 사람이 있어서 일상생활이 가능한 사람이 있는 것이다.

나를 사랑한다는 것은 두 가지로 말할 수 있다. 감사하기와 비교하지 않기가 가장 기본이라고 생각한다. 두 가지가 잘 안되기 때문에 사람이 좌절하고 열등감에 빠지게 된다. 그리고 남과 비교하지 않고 자기 색깔대로 사는 것. 자기의 장점뿐만 아니라 단점까지도 사랑해야 한다. 그게 진짜 자기를 좋아하는 것이다. 나는 나의 좋은 점만 좋아했던 미성숙한 때가 있었다. 그런데 정말 자기를 좋아한다는 것은 자기 존재를 있는 그대로 받아들이는 것이다. 장점과 단점까지도 받아들일 때 자기를 사랑하는 것이다. 그것을 알면서 달라졌다. 물론 살아가면서 기분이 상하고 나빠지는 상황이 생길 때도 있다. 인간관계에 갈등이 당연히 있다. 그 스트레스를 해소할 나만의 방법을 찾고 이를 해소하면서 살아가는 것이다. 가장 행복한 때는 '바로 지금'이다. 우리에게 주어지는 시간은 '지금 이 순간'이다. 과거를 후회하지 않고 미래도 불안하지 않기. 그래서 지금 이 순간이 행복한 것이다. 아침에 눈을 뜨면 항상 감사함을 외친다. 그렇게 감사를 얘기하면서 일어난다. 항상 순간순간이 감사하다는 생각을 한다. 물론 저도 연약함이 있고 어려움이 있고 해결되지 않는 문제들이 있다. 그렇지만 그런 것을 남겨두면서 해결해 나가는 것이 인생인 것 같다.

8.
하루를 꽉
차게 사는 법

*인생은 지루하고 재미없는 것을 자연스럽게 받아들여야 한다.

인생은 영화와 같이 지루하고 재미없는 것을 빼지 않는다.

일상의 루틴을 실천하고 그 안에서 감사의 의미와 소중한 가치를 찾자.

행복은 소확행에서 출발한다.

*바다는 모든 것을 받아들이고 정화시키고 수용한다.

산은 나무, 흙, 태양을 머금고 자연치유력을 가져다준다.

하늘은 사람을 겸허하게 하고 희망과 용기를 준다.

비와 바람과 먹구름과 태양의 변화를 수용하고 자연의

이치와 순리를 따르게 사람의 분수를 알게 한다.

*여행을 떠나기 위해선 돈, 시간, 에너지가 필요하다.

여행은 힐링이고, 배움이고, 도전이다.

때론, 기쁨도, 괴로움도 감당할 수 있다. 집만큼 편하지 않으나,

많은 것을 보고, 듣고, 느끼고, 사색하면서 마음의 그릇이 커진다.

견문이 넓어지고 인생과 사람에 대한 이해가 새로워지는 계기가 된다.

삶의 여유와 유연성과 통합적인 사고가 길러진다.

여행은 참 귀한 경험이고 삶의 자산이다.

*일상 속에서 자족하고 만족할 수 없다면,어떤 곳을 가든지, 어느 상황이 되는지,자유로울 수 없다. 진정한 자유는 자신을 탐구하고 일상 속에 작은 것 하나하나를 음미하고 사랑하고 감사하는 데 있다.

*집에 쓰지 않는 물건과 잡동사니를 주기적으로 버리고 정리 정돈하면 정신건강이 좋아진다. 물건을 비우면 삶도 단순해지고 나의 몸과 마음도 정돈된다.

내가 올해에 십 년 이상 버리지 못한 옷들과 주방용품과 책들을 정리했을 때 자유로움과 홀가분함을 느꼈다. 언제든지 떠날 수 있는 상태를 유지하자.

세상을 떠날 때 나의 짐과 소유는 타인의 짐이 될 수 있고 나는 아무것도 가져가지 못한다. 영혼을 아름답게 준비하자. 그리고 생활에 대한 소유물은 최소한을 유지하고 나그네 인생길을 충실히 걸어가자.

*정신건강의 회복이란 이전 상태로 돌아가는 것이 아니라 내가 만족하고 행복해하는 상태로 변화되어 가는 것이다. 과거에는 깨닫지 못한 작은 것에 대한 감사와 행복의 의미와 가치를 발견하게 하며 과거 겪은 외상 후 성장을 배움의 계기로 전환한다면 인생은 더욱 성숙하고 발전해 갈 것이다. 고난과 고통을 통해 철이 들고 어른이 되어 인내와 끈기를 배워 더 나은 삶으로 나아갈 수 있다.

*시간은 돈보다 귀하고 소중하다.
이 순간을 의미 있고, 가치있게 보내고 따뜻하고 평온한 태도로 삶에 임하자.

*본능과 감정과 이성의 균형은 성숙한 뇌를 나타낸다.
본능과 감정을 이해하고 읽어주고, 이성적으로 객관적으로
자신을 보는 시각은 건강한 자기다움을 형성하게 돕는다.

*인생에서 놀이와 일과 사랑은 꼭 필수이다.

인간은 놀이를 통해 성장하며 사회화가 되고

일과 사랑을 통해 통해 인간다운 삶과 가치 있고

사회에 유익한 존재로 살아가게 된다.

늘 감사하자!

*물처럼, 바람처럼, 흐르고 불며, 일상에 순응하고

사람과 환경에 적응하고 소통하면, 작은 것에 감사하게 되고,

주어진 것에 만족하면서 그렇게 살아가리다.

*걱정하고, 염려하고, 불안해져서 나아질 일은 전혀 없다.

일어나지도 않은 일로 미리 염려하거나 두려워하지 말라.

지금 이 순간에 집중하고, 순간순간을 사랑하고,

느끼고 누리자. 지금만이 내가 컨트롤할 수 있는 순간이다!

*세상과 나 사이에 환경과 사람 관계에서 내가

컨트롤할 수 있는 것은 극히 작은 부분이다.

단지 지금뿐이다. 타인을 통제하고 조종할 수 없고

환경도 통제하고 조종할 수 없으며,

지금 이 순간을 벗어난 나의 과거와 미래도 통제와

조종에서 밖의 영역이다.

*자신의 몸과 마음을 낮추고 자기의 상황을 파악을 한다면,

어느 곳에 가든지, 어디에 머물든지, 머문 자리에서 은은한 향기와

아름다움이 있으리라. 꼭 필요하고, 다시 보고 싶은 사람이 될 것이다.

*역경을 딛고 잠시 주춤하지만,

또 다른 새로운 도약을 위한 움츠림을 가져야 한다.

마음을 가다듬고 지금 여기서 다시 시작하자!

새로운 삶의 활력과 생기가 넘치게 된다.

*생물학적, 심리학적, 사회적, 영적인 통합적인 회복이 전인적인 회복이다. 이어 가족 안에서의 회복으로 나아갈 때 정신증은 한 가정에 변화를 일으킨다. 가족 체계가 바뀌면 당사자도 살고 가족도 산다.

치료진과 가족과 당사자의 소통, 그리고 지역사회의 지지는 회복의 지름길이다. 게다가 영적 회복까지 갈 때 전인적인 회복으로 나아갈 수 있다.

*십대는 생기가 있다.

이십대는 열정이 있다.

삼십대는 패기가 있다.

사십대는 노련함이 있다.

오십대는 경험이 있다.

육십대는 지혜가 있다.

칠십대는 연륜이 있다.

팔십대는 추억이 많다.

구십대는 여유가 많다.

회복은 일상 속에서 시작된다

병원 사회복지사로 일할 때였다. 한 환자가 나에게 준 선물이 있다. 입원 당시 상태가 불안정해서 내가 좀 다쳤지만, 나는 병으로 인한 것으로 이해했다. 상태가 나아지니 천사가 따로 없었다. 그는 잘 지내다가 퇴원했다. 20대 남성 환자가 그린 이 그림은 나를 그려준 것이다.

강박과 격리보다 손 한번 꼭 잡아주고 기도해 주는 게 더 나은 걸 알고 있는 데서 인력 부족의 한계를 절감했다. 병원 일을 하면서 빠른 방법을 찾다 보면 인력 부족 문제가 참 안타깝다. 강박과 격리의 경험을 겪어본 당사자로서 나는 더 잘 이해된다. 그러나 일을 하면서는 이론과 실제의 차이, 그리고 현실과의 괴리감을 느꼈다. 그 환자는 정신증과 지적장애와 분노조절장애가 있었지만 차차 안정이 되고 프로그램으로 진행한 운동요법과 걷기 운동과 식단 조절로 체중 15kg을 절감했다. 병원에서 3개월 있는 동안 약물치료와 정서적인 지지와 매주 같이 예배를 드렸다. 그리고 많이 호전되어 퇴원했다. 그는 기억에 남는 환자 중 한 명이다. 정신건강의학과 사회복지사와 정신건강 공동체 봉사를 오래 하면서 정신건강과 약에 대해 느끼고 경험한 부분이다. 초발을 경험한 당사자의 단약률은 높은 편이었다. 하지만 재발에 재발을 반복하면 약물의 순응도가 떨어지고 약물치료의 비중이 커진 부분도 있는 것 같다. 자원봉사와 일을 하며 많은 당사자들과 가족을 지켜봤다. 초발 후 단약하고 잘 지내시는 분도 보았다. 하지만 삶의 질은 좀 떨어졌다. 이런 부분은 심리치료가 병행되고 사회적인 지지가 필요하다고 생각한다. 그 과정을 잘 거치신 분은 사회로 돌아가 일반적으로 생활하시기에 만나기가 어렵다. 하지만 재발을 거듭하면 적절한 용량의 약물을 유지 관리하며 지내는 분이 많다. 재활과 재기를 위해서는 건강을 관리하며 안전하게 지내면서 상담치료와 공동체 훈련이 필요하다. 나도 상담치료를 6년간 받은 후 상담사 자격증을 따서 교회 상담실에서 6년 간 봉사했다. 내 주변에는 소량의 약을 유지하면서 사회생활을 잘 하는 당사자들이 많은 편이다. 나는 지금까지 26년째 약을 먹는다. 20대 초반에 2년간 입원을 포함해 초기 5년 동안 지독하게도 온갖 약의 부작용을 다 겪었다. 그래도 일상을 유지하려고 노력했고 몸도 약에 적응했다. 심신을 단련했다. 나도 약이 잘 조절되어 적응했다. 지난 20년 남짓 약 부작용은 거의 없는 편이다. 무조건 약물치료만 해답은 아니다. 통합적인 관점이 중요하다. 나는 약물치료와 상담치료와 지지로 회복된 사람이다. 지금도 약을 25년간 성실히 먹는 당사자로서 정신과 약은 조절과 완화제이며, 그와 동시에 관리와 예방에는 정도에 따라 상담치료를 병행해야 효과적이다. 가족과 지인들, 그리고 지역사회의 지지가 꼭 필요하다. 그래야 재활의 꽃이라는 '일'을 지속적으로 할 수 있다. 선진국에서 선행된 연구를 한국 실정에 맞춰 좋은 연구들이 많이 개발되어야 한다고 생각한다. 규칙적인 생활로 수면, 식사, 운동을 해야 한다. 술과 담배를 하지 않고 긍정적인 사고방식으로 생활해야 한다. 신앙생활로 감사와 기도생활을 한다면 금상첨화다. 해답은 일상생활 속에 있다. 일상 속에서 작은 것에 감사를 경험하는 것이다. 작은 것에 만족하고 겸손과 정직함으로 생활하는 것이 온전한 건강을 유지하는 비결이다. 초심을 잃지 않고 자만하지 않도록 나 자신을 살펴야 한다. 순간순간 감정의 찌꺼기를 털어버리고 긍정적인 마음과 타인과의 대화와 관심 있는 취미로 스트레스를 해소해야 한다. 작은 결단과 용기는 인생을 밝게 만들고 행복하게 사는 길을 택하도록 한다. 지금 이 순간도 참 감사하다.

<장우석의 멘탈 관리법 노하우 7가지>
1. 충분한 수면과 운동과 양질의 식사 등 기본기에 충실한 생활을 하자
2. 지금 이 순간에 집중하고 현실에 만족하자
3. 감사하기
4. 비교하지 않기
5. "3털3나" 부정 감정 털기 - 털털털 나는나 나를 사랑한다 나을 수 있다
6. 긍정적 사고방식 갖기
7. 자기 선택권을 갖고 주체적으로 살아가기

회복의
첫걸음은 감사

　회복은 지금 이 순간을 느끼고 누리는 자세와 작은 것부터 감사하는 습관에 달려 있다. 감사의 습관은 회복의 첫걸음이며 감사는 몸과 마음을 건강하고 생명력 있게 해준다. 감사 에너지는 사랑 에너지를 5배로 발휘하게 해준다. 마음의 원망과 미움과 후회와 분노와 두려움도 감사의 습관과 훈련을 거치면 마음 자세를 견고하게 하고 자기 성찰과 이해를 불러들여 나 자신을 있는 그대로 사랑하게 해준다. 가족이나 타인이나 사회 그 누구도 탓하지 않는 태도는 자기를 있는 그대로 수용하게 하는 출발점이다. 자기의 병을 이해하고 자기 자신을 인식하는 것이 중요하다. 약이나 가족, 사회의 탓이 아닌 자신의 삶을 바라본다면 인생의 고통 가운데 있는 의미를 발견하게 된다. 내 마음속에 감정의 응어리와 슬픔과 괴로움, 그리고 욕심과 집착을 내려놓지 못하면 그것이 나의 주인이 되어 나를 늘 괴로움으로 끌고 다니게 된다. 감사를 습관화하고 훈련한다면 열악한 상황과 고통에서도 그것에 좌우 받지 않고 참 의미와 가치를 알게 된다. 이 세상에 나 같이 불행한 사람은 없으며 그 누구도 나를 이해하지 못한다는 편견과 아집에서 벗어나 나의 마음을 열고 나의 약점을 고백하자. 세상은 내가 생각하는 것만큼 차갑고 냉정하고 혹독하지만은 않고 따뜻한 온정이 있는 곳이라는 것을 알게 된다. 감사는 감사할 것이 없을 때에도 표현하고 습관화하다 보면 어느새 세상을 보는 어둡고 부정적인 시각이 차차 변화하게 되고 주변에 좋은 분들이 모이게 된다. 가족의 변화도 감사에서 시작한다. 가족을 미워하고 상처 주고 나에게 못해준 것만 기억할 게 아니라 내가 잘하지 못했던 것을 기억하며 가족의 존재를 생각한다면 미움에서 오해가 풀리고 이해하게 하고 용서로 나아갈 수 있다. 또한 질병 가운데 가족이 모두 마음이 가난해지고 겸손해져서 선한 가치와 영적 변화를 경험하게 될때 회복이 된다. 가족이 변화되면 나도 변하고 서로에게 간섭과 조건적이고 지시적이고 가르치는 관계가 아닌 서로에게 지지하고 응원하는 그런 든든한 버팀목이 될 것이다. 나는 정신건강의학과 병원에서 사회복지사로 일하며 환자분들과 가족들을 많이 만났고 회복되는 당사자와 그렇지 않은 당사자를 보았다. 의사와의 신뢰관계를 튼튼히 하고 가족과 소통을 잘하고 서로 응원하며 절제된 사랑과 적절한 거리감을 가진 가족을 가진 당사자들은 회복되었다. 회복의 첫걸음에는 작은 것부터 감사하는 자세이다. 거기서 치료가 일어난다. 가족 안에서 서로 아픔과 상처를 고백하고 '미안하다, 용서해달라, 사랑한다, 고맙다' 등 진실한 자기표현과 고백이 있을 때 가족은 회복됐고 치유되어 갔다. 내 인생은 나의 선택이며 외부 자극에 대한 반응의 선택도 내 안에 있다. 나의 선택의 책임은 나의 것이다. 오늘을 충실히 임하고 나에게 잘못한 이들을 용서하고 이해해보며 역지사지해 보자. 그리고 나의 삶의 자세를 낮추고 겸허하게 살아가자. 그러면 주변인들은 나의 지지자가 되고 진정한 친구이자 협력자들이 될 것이다.

내일 걱정은 내일 하겠다는
마음가짐을 가져야

돈을 잃으면 조금 잃고 명예를 잃으면 많이 잃고 건강을 잃으면 모든 것을 잃는다는 말이 있다. 그만큼 건강은 중요하다. 건강은 행복한 삶을 위한 기본이며 일을 할 수 있는 기초이다. 인간은 일을 통해 자신의 소질과 재능을 발견하고 사회에 가치 있는 봉사를 하며 보람을 찾는다. 일은 사랑과 함께 삶을 살아가게 하는 이유를 발견하게 한다. 곧 일은 종합예술인 것이다. 무료하게 쉬기만 하면 생활은 나태해지고 자기관리에 소홀해지기 쉽다. 따라서 자신이 의미 있는 사회의 구성원으로 활동하는 것은 참 소중한 일이다. 일의 목적이 꼭 돈을 추구한다기보다 높은 차원에서 삶의 활기와 보람과 의미를 발견하는 것이 필요하다.

이 모든 것을 이루기 위해서는 건강관리가 기본이다. 누군가에게 꼭 필요한 사람이 되기 위해서는 심신의 생체 에너지가 충분히 있어야 한다. 지력과 정신력과 체력을 훈련해서 삶의 '근육'을 강화해야 누군가에게 도움을 주고 사회의 일원으로써 일을 할 수 있다. 첫 번째, 지력 훈련을 갖추기 위해서는 전두엽의 활성화를 도울 수 있는 독서와 글쓰기가 필수다. 생각의 힘은 말의 힘을 가져온다. 지속적인 독서로 생각의 힘을 기르고, 융통성과 판단력과 집중력을 높이고, 글쓰기 중에 감사일기 쓰기로 우울과 불안을 낮추고, 긍정 마인드로 플러스 발상 에너지를 보충해야 한다. 규칙적인 습관이 자신의 생활 리듬을 만들어가고 또 잡아준다. 두 번째, 정신력 훈련으로 고통을 이겨내고 극복하려는 강인한 마음의 힘이다. "이 정도는 이겨낼 것이다", "더 힘든 것도 해낼 수 있다", "반드시 해내겠다", "그도 하고 그녀도 하는데 나는 왜 못 하겠는가"라는 생각은 마음을 굳세게 만든다. 해내겠다는 마음, 성취하겠다는 마음가짐은 어려운 상황과 시련을 잘 넘기게 해 준다. 세상의 순리와 하늘의 뜻을 따르는 마음가짐도 중요하다. 마음은 내가 강하다고 인식하면 더 강해지지만, 약하다고 하면 한없이 약해진다. 인간관계에서는 외유내강의 자세가 중요하다. 세 번째, 체력훈련이다. 몸을 단련한다는 것은 삶을 강하게 만든다는 의미다. 몸이 튼튼하면 자신감이 생기고 용기도 생긴다. 운동만큼 좋은 것은 없다. 뇌를 단련하는 것도 운동이고 우울과 불안을 감소시키고 뇌에너지를 활성화시켜 주는 것도 운동이다. 운동은 어려운 순간과 고통스러운 시기를 견디게 해 주며, 이를 이겨나갈 용기와 내공을 심어준다. 숨이 넘어갈 만큼 힘든 운동의 고비를 자주 넘겨보면 정신적인 어려움과 고통도 견딜 수 있는 '정신적

근력'이 자연스럽게 길러진다. 운동이 주는 유익은 너무나 많다. 운동은 체력과 지구력과 심폐 기능과 근력 강화와 유연성을 발달시킬 뿐 아니라 자신감과 자존감을 높이고 성취감과 행복감을 가져온다. 몸도 멋있어질 뿐만 아니라 운동을 통해 억압된 분노가 풀리고 기분이 안정화되고 생각이 차분해진다. 심신이 조화를 이루면 마음속의 스트레스가 해소되고 기억력과 집중력이 높아지고 몸의 기능이 골고루 발달한다. 신진대사를 활성화시켜서 몸의 독소를 땀으로 빼줌으로써 약 부작용을 감소시킨다. 네 번째와 다섯 번째는 웃음과 유머이다. 웃는 사람은 행복하고 건강한 상태이다. 심각하고 경직되고 진지하기만 한 사람은 몸과 마음의 유연성이 없어 병이 생기기 쉽다. 작고 사소한 일에 염려와 걱정이 한가득 있으면 스트레스를 잘 받게 된다. 또 위장과 대장에 문제가 오기 쉬우며 심인성질환과 신체화 증상도 동반하게 된다. 정신증의 기초는 불안과 우울, 수면장애에서 시작된다. 그전에는 징후로 작은 것에 집착하거나 자기 욕심을 내거나 속을 태우는 과정이 반드시 있다. 어떤 문제가 올 때마다 걱정과 염려는 가급적 적게 하고 내일 걱정은 내일 하겠다는 마음가짐을 가져야 한다. 내 뜻대로 되지 않을 때 너무 신경질 내거나 성내지 말자. "그럴 수도 있지", "당장 안 좋아 보여도 선하게 흘러갈 거야", "위기가 곧 기회야", "터널의 끝은 반드시 있어"라고 마음의 여유와 융통성으로 기다려 보자. 조급해하지 않는 것이 나의 삶에 더 큰 유익이 될 수 있다. 삶 속에서 심각해질 때 씨익 미소 짓고 웃어보자. 얼굴 근육을 자극해 뇌의 좋은 부분을 활성화시켜 마음의 여유를 줄 것이다. 진지하고 심각하게 사는 사람일수록 심신의 병을 얻기 쉽고 정신증에도 노출되기 쉽다. 마음의 여유를 갖고 안 좋은 상황을 반대로 이야기하며 웃을 수 있는 유머가 건강의 지름길이다.

9.
마음의
고향

*육체의 쾌락을 따르는 삶은 마음이 보이는 것에 있고,세상의 가치 속에 머문다. 육체는 잠깐이다. 영혼의 아름다움을 추구하는 삶은 보이지 않는영원한 세계를 찾는다. 이것에는 영적 생명과 평안이 있다.

*하늘의 별과 같이 빛나는 인생이 되기 위해서는 세상의 고통과 바닥과 어둠을 겪어보아야 한다. 그럴 때 진정으로 하늘의 별의 고귀함과 거룩함을 깨닫고 체험할 수 있게 된다.

*인생은 천상을 향하는 기차여행이다. 협곡과 들판을 지나고, 산과 터널을 지나고,더 높은 곳을 향해 간다.
미리 내리는 사람도 있는데, 끝까지 올곧게 가는 사람이 되자!

*우리는 먼저 신체적이고 심리적으로 생각과 감정이 한곳에 머물고 고이지 않게 열린 마음과 편안함을 누리는 방법을 체득할 필요가 있다. 영양 보충도 하고 기분전환과 산책도 하고 머리에 에너지를 보충되고 생각을 쉬어주길.
영적으로 신앙의 여정은 단거리가 아니다. 강박적인 종교생활은 나를 올가 매고 괴로움을 겪게 된다. 종교는 마음의 결박을 풀고 마음의 감옥에서 자유롭게 하려는 부분이 크다. 너무 젊은 나이에 구도자로 경직

되지 말아야 한다.

인생 경험과 폭넓은 사고를 가지고 마음을 열고 소통해야 한다. 고인 물은 썩는다. 그것이 종교라도 그렇게 왜곡되고 편협될 수 있다. 신체·정신·심리·사회·영적 균형과 분별력을 가지고 배우고 자신을 낮추는 자세가 필요하다.

*인생은 날씨와 같이 변화무쌍하기도 하고,

상황과 환경에 인간의 기분과 행동은 영향을 받는다.

그래도 변화하지 않고 영원한 가치와 의미에 초점을 맞추자.

인생은 짧고 일만 하기에는 우리 인생이 너무나 소중하다.

우리의 존재 의미를 알고 영원한 가치를 추구하자.

우리 마음의 가운데에 영원을 사모하는 자리를 소중히 여기자.

그리고 살면서 하루하루 충실히 살아가자.

후회 없는 인생을 오늘도 살자. 살며 사랑하며 감사하자.

*기쁨과 감사는 지금을 그대로 받아들이고 이해하는 데서 나온다.

자기답게 사는 삶을 선택하고 누구에 의한 삶이 아닌 주체적으로 사는 인생은 자유롭다. 인생길에서 가장 가치 있는 것은 누군가를 뜨겁게 사랑하고 헌신하는 마음이다.

*오늘도 마음을 새롭게 하자. 마음의 상태를 천국의 상태로 만드는 길은 자신을 성찰하며, 마음과 생각을 선하게 변화하여 인생을 영원한 가치와 의미 있는 방향으로 잡는 것에 있다. 누군가를 돕고 살리는 인생을 사는 사람은 세상과 남과 나를 밝고 아름답게 변화시켜 평화의 도구가 되는 인생이다.

*코로나 시기의 고난과 위기 때 믿음의 성숙과 인내를 이루고 새로운 소망을 가지는 계기로 생각하자. 고통과 어둠이 지나야 빛이 보이고 새벽이 온다. 인내와 연단으로 내면을 성장시키고, 세상과 남과 나를 보는 태도와 해석을 긍정적으로 하자. 살아있음은 놀라운 것이고 지금 이곳에서 감사로 시작하자. 작은 감사가 모이면 행복이 되고 상황과 환경을 보고 절망하는 것이 아니라 내면의 힘을 길러 현실을 극복하며 자족하자. 인내하면서 좋은 날을 기다리며 하루하루 충실히 살아가자.

*쾌락의 끝은 어디인가? 사람은 겉으로는 이성적이고 합리적인 것을 내세우지만 보다 내면에는 욕구와 욕망의 지배를 받는다. 어떤 이들은 우울과 불안을 해소하려고 쾌락으로 긴장을 완화하고 풀려 하거나, 또 어떤 이들은 심심하고 따분한 일상에서 일탈을 꿈꾸며 불나방같이 유흥과 쾌락으로 빠져들기도 한다. 또 다른 이들은 인생의 시련이 계속 오고 반복되는 안 좋은 경험을 하다가 자포자기의 심정으로 자신의 정

신줄을 놓고 쾌락의 늪과 금전의 유혹에 빠지기도 한다.

그 마음 깊은 곳에는 영혼의 안식처가 필요한 상태이고 공허함과 소외감과 외로움에서 자신이 구원받고자 하는 몸부림이다. 중독과 정신증에 빠지는 사람의 이면에는 갈급함과 영혼의 곤고함과 존재적인 외로움이 숨어있다. 영적인 갈급함이 있는 자들이 중독과 쾌락 속으로 빠지나, 그것은 영원한 쾌락을 주지 못한다.

쾌락으로 빠지는 것은 스스로를 위로하고 나는 그래도 멋지고 괜찮고 좋다는 것을 확인하고 싶은 자기 위로의 한 방편일 수 있다.

쾌락은 뇌의 호르몬이 방출하게 하게 해서 순간의 즐거움과 스트레스를 해소하고 기분을 전환시킨다. 하지만 중독성이 있어서 내성과 금단과 갈망의 3가지를 가져온다. 자극과 농도를 높이는 내성과 끊는 것을 어렵게 하는 금단증상과 계속 욕망을 불러일으키는 갈망을 가져온다. 적당한 정도에서 인간의 욕구와 욕망을 충족하는 것은 삶을 풍요롭게 할 수 있으나, 여기에만 집착과 강박적인 태도만 보인다면 쾌락의 노예가 되기 쉽다. 정신세계는 병들고, 삶은 망가지고 금전은 바닥나고 몸은 쇠하여진다.

중독으로 스마트폰, 술, 담배, 쇼핑, 성, 포르노, 자해, 폭력, 분노, 관계, 채팅, 인터넷, 도박, 마약 등이 있는데, 인간을 황폐함과 파멸로 가져갈 수 있는 요소가 내재되어 있다. 쾌락의 끝은 원초적인 본능에만 충실하게 하고 자기중심성으로 나아가게 되어 유아적인 상태에 머무는 성인 아이로만 살게 한다. 책임감과 배려심은 감소하고 전인적인 인간 성장과 성숙을 방해하고 본능에만 집중된 짐승과 같은 상태가 된다. 쾌락의 노예가 아니라, 쾌락과 성도 유용한 인간 성장의 원동력으로 사용하는 생각의 힘과 마음의 힘이 필요하다.

인간의 원초적인 에너지는 사회를 발전시키고 예술과 문화를 발전시켰고, 인류를 번성케하고 보존시켜 왔다. 쾌락의 빛과 그림자는 존재한다. 빛의 역할을 감당하는 영역으로 나아가게 개인과 사회가 변화하도록 나의 마음을 보살피고 성찰하자. 긍정적인 에너지로 전환하고 사회에 공헌하는 일과 봉사로 활용하자.

인간답게 사는 것은 신체, 정신, 심리, 사회, 영적으로 자신을 이해하고 사랑하며 건강함과 균형을 잡아가야 하며, 나를 비롯해 인간에 대한 신뢰와 존중과 배려심과 세상을 유익하게 하고 남을 이롭게 하는 인류애를 수용해가는 전인적인 성장과 성숙의 과정이 필요하다.

병원 속
환자들 이야기

　정신건강의학과 병원에 대한 사람들은 편견을 가지고 마치 완전히 미친 사람들만 있는 곳으로 생각하며 무섭다고 공포스러운 곳으로 떠올린다. 하지만 이곳도 사람들이 사는 곳이고 서로 간의 예의와 범절이 있고 규칙적인 생활을 하고 먹고 쉬고 자고 교육을 받고 프로그램과 오락을 하며 사회적인 관계성이 있는 곳이다. 이상한 행동을 해서 남에게 피해를 주면 주변 성인 환자들이 훈계도 하고 일반인들과 같이 서로 화해와 이해도 하는 곳이다. 이곳은 이상하고 비상식적이고 폭력이 난무하고 인권이 없는 괴상하고 무서운 곳이 결코 아니다. 하나의 사회를 형성해서 인간다운 삶에 대해서 재학습하면서 사회화가 되어간다. 지적장애와 충동장애가 있는 몇몇 청소년과 청년들이 소란하게 하거나 주변을 혼란하게 하면 그런 행동을 제지하고 훈계하는 성인 환자들이 늘 존재한다. 자기 성질을 이기지 못하고 5살 꼬마와 같이 행동하며 생떼와 고집을 피우며 청개구리같이 행동하는 젊은 환자는 주변 환자들에게 혼이 나고 피해 주는 행동을 하지 말아야 하는 걸 가르친다. 물론 자체 조절이나 관리가 안 되면 치료진이 개입해서 중재한다. 방마다 치매가 있거나 거동이 불편하거나 사회 기능이 떨어지는 분은 주변 사람이 좀 더 이해하고 양보하는 모습이 있어서 따뜻한 온정을 느끼게 한다. 연약한 자와 장애인에 대해서는 사람들이 더 이해하고 양보하는 미덕을 발휘한다. 나보다 연약한 자를 돌봄으로써 자신의 마음은 더 따뜻해진다. 그 기쁨 그 사람을 따뜻하게 만들고 삶의 의미를 부여한다. 돕는 자가 복이 있다는 말이 기억난다. 병원 안에는 누가 시키지 않아도 조용히 자발적으로 남을 돕는 마음이 천사 같고 착한 사람들이 늘 존재한다. 겉은 어리숙하고 바보스럽지만 내면의 선함은 밝은 빛처럼 빛난다.

또 다른 부류는 죄책감이 없고 양심이 없으며 과격하고 난폭한 부류가 존재한다. 성격장애 환자로서 동정심이 없고 무례하고 거만하고 잔인하다. 타환자들을 이용하려고 하고 간식을 챙겨 먹거나 식사를 더 하기 위하거나 더 편안하게 지내기 위해 연약한 자의 물건과 간식 등을 탐하는 부류이다. 자신의 말과 힘의 파워를 앞세워서 이 공간 안에서도 힘자랑과 자신의 영향력을 과시하고 병동 회의 때마다 치료진에게 호응하지 않고 자기주장을 하며 대응하고 자기 존재감을 알린다. 그래서 약육강식의 원리로 타환자보다 위에 서려고 한다. 내가 세다 강하다는 것을 드러낸다. 치료에 역행적이고 물을 흐리는 반사회적 성격을 가지고 있어서 치료진들이 병원에서 다루기 힘든 성격들이다. 그래도 적절히 조절하고 타협하고 그들의 의사도 수용하며 관계성을 풀어간다. 그리고 대부분은 너무 연약하거나 너무 강하지도 않는 무난한 환자들이다. 그들은 병원의 치료에 순응하고 시스템과 병원 규칙을 지키고 자신의 행동을 수정해가기도 하는 사람들이다. 병원에서도 세상속에 인간관계와 동일하다. 소수의 지속적인 도움이 필요한 우울 불안한 연약한 사람들이 있고 일부의 사회에 대한 깊은 분노가 있는 까탈스러운 반사회적인 사람들이 있고, 대부분 일반적이고 무난한 보통의 사람들이 있는 것처럼 말이다. 종종 알코올중독으로 인한 문제로 주폭을 부리거나 정신증으로 인해서 폭력적인 환자들로 강박과 격리를 해야 하는 상황도 있다. 알코올의 금단증상에도 그리고 조현증의 양성증상와 조증의 증상으로 환각과 망상이 있어 이상한 행동과 갑작스러운 위험하고 과격한 행동으로 자기조절이 안 되는 환자들이 있다. 약물조절과 규칙적인 생활로 수면 식사 운동을 관리하면 알코올 환자는 길어도 3일~1주일 안으로 금단이 사라지고 정신증 환자도 증상이 3일~1주일 안에 일반적인 컨디션을 찾게 된다. 신체적인 관리가 먼저다. 수면 관리와 쉼과 에너지 회복을 통해서 몸 컨디션을 찾아갈 수 있다. 밖에 음주 관리를 못하고 생활관리를 못해 악습관을 결과로 병이 재발을 했기에 역기능적인 상항을 개선하고 생활패턴의 변화와 바로잡기로 빠르게 회복되는 현장을 지켜볼 수 있다. 수면과 식사를 제대로 못해 피골이 상접된 환자가 규칙적인 생활을 하며 신체적인 회복과 심리적 안정과 여유로 쉼을 가지면 빠르게 좋아지는 것을 눈으로 확인한다. 말 그대로 잘 자고 잘 먹으면 금방 회복되는 환자들도 많이 보게 된다. 신체와 정신은 연결되어 있으며 망가진 신체 컨디션을 회복하는 과정에 상태가 호전되고 영양제 수액 안정제를 맞고 약을 먹으며 자연치유력을 발휘하며 잃어버린 건강을 찾아가면 생활 리듬을 갖는다. 그러면 소극적인 건강관리에서 보다 적극적인 신체관리로 운동도 하고 프로그램도 하고 책을 읽고 글도 쓰고 음악과 그림, 바둑 등을 하며 전인적인 건강을 찾아가는 것을 볼 수 있다. 신체적인 회복이 되면 컨디션이 회복되어서 정신적인 안녕을 유지할 수 있다. 에너지 충전으로 마음을 돌볼 여유가 생기게 되면 부정적인 사고를 긍정적으로 전환하게 되고 기분과 감정이 안정화되면서 좋은 생각과 감정이 들기 시작한다. 그러면 현재까지 돌보지 않았던 자기 몸과 마음을 살피게 되고 챙기게 되면서 건강을 찾아간다. 큰 흐름에서 환자의 건강 회복 과정에는 공통점이 많다. 그리고 원래 삶의 자리로 돌아간다. 몸의 회복과 마음의 회복이 되었다. 생각하면 다시 힘을 되찾고 세상 속으로 나아가며 퇴원을 하게 된다.

하지만 만성환자들은 사회 기능이 많이 떨어지고 재활과 자활의지가 없어 병식이 잘 생기지 않아서 퇴원이 지체된다. 가족들이 많이 지치고 환자도 자발적이고 능동적인 생활이 없고 소극적이고 게으르고 나태한 분들이 있다. 치료에 비협조적이고 자기 고집과 아집으로 치료에 회의적이고 부정적이다. 안타까운 부분이 있다. 정신증이든 중독이든 병이 깊어지고 입원이 반복되면 3년 이내 수급자가 되어서 근로능력을 상실하고 가정이 해체되는 환자들이 많은 편이다. 가족은 지치고 환자에 대해 자포자기 상태가 되고 국가와 병원의 도움을 구하며 한발 뒤로 물러선다. 환자는 더 병원을 의존하고 가족과 멀어지며 사회화의 기회가 줄어든다. 그럴 때 재활과 자활을 위해 지역사회 인프라로 정신건강복지센터와 중독관리 통합지원센터의 지원이 절실하다. 가족이 못하는 것을 도와주고 지지할 수 있는 열쇠가 된다. 병원과 연계해서 세상과의 소통과 자활의 기회로 연결하고 일자리로 삼을 수 있다면 참 좋을 것이다.

가족과는 밀착관계로 감정 표출이 심해 갈등이 많거나 너무 소원해서 서로 지쳐있다면 지역사회와 병원의 지지 체계를 활용할 수 있다. 가족의 지지가 있는 환자는 병원 지역사회와 연계해서 가장 좋은 상태로 회복할 가능성이 높고 사회복귀도 빠른 건 당연한 일이다. 정신증과 중독의 문제로 깨어진 자기와의 관계와 가족과의 관계와 학교와 사회와의 관계가 회복되고 상처에서 치료된다면 건강한 사람으로 살아가게 된다. 정신증과 중독의 문제 관계의 단절과 고립이다. 그 회복은 관계의 회복에 해답이 있다. 나도 관계의 회복의 끈을 놓지 않았고 가족이 적절한 심리적 거리를 유지하고 감정 표출을 줄이고 지역사회의 도움으로 낮병원과 심리치료를 지원했고 일자리도 생기며 사회 복귀를 할 수 있었다. 회복 초기에는 인간관계도 잘 할 줄 모르고 자폐적이고 많이 이기적이었다. 인간관계를 일을 통해 배우고 취미생활을 통해 배우면서 어떻게 사람과 어울리고 관계 맺기를 차차 배워갔다. 어리숙하고 상식이 부족해서 실수도 하고 경우도 없기도 할 때마다 주변의 사람들과 어른들이 가르쳐주었다. 나는 자존심이 세고 고집도 있었지만 의료진과 가족의 이야기를 잘 들었고 나의 잘못된 조금씩 고쳐갔다. 다행히 내가 고의적으로 무례한 행동을 하는 것이 아니라 잘 모르고 하는 행동이라는 것을 사람들이 알고 있었다. 인간관계의 배려와 역지사지하는 감정 공감과 상황 판단에 대해 알려주었고 나는 그것을 고맙게 생각하고 나의 행동과 말을 고치며 다듬어갔다. 주변 지인들의 사랑과 관심과 직언으로 인해서 사회에 적응할 수 있었다. 지금도 부족하고 어리숙하며 인생을 늦되지만 늘 배우고 성장하겠다는 마음으로 살아가고 있다. 나의 현실을 부정하지 않고 감사하게 수용하기 위해 노력하며 내 생각의 폭을 넓히고 있다. 약을 20년 넘게 복용하다 보니 약의 성질상 신경전달물질을 잡아주는 대신 감정 공감성을 약화시키고 이기적인 모습으로 보이는 경향을 더 증가시키는 부분도 있다. 다른 사람의 감정과 상황을 이해하고 배려하는 부분도 좀 떨어지고 자기 본위로 살아가게 하며 내 건강에만 집중하는 모습도 있었다. 오랫동안 내 건강과 사회적 생존에 에너지를 쏟다 보니 배려심과 양보의 미덕이 부족해 보였을 수 있다. 내 주변 사람이 나로 인해 얼마나 힘들었을까 생각하니 회개하는 심정이 든다. 어린아이 같이 미숙하고 철이 없는 모습이 순수하기도 비추게도 해주면 나이에 걸맞지 않은 말과 행동으로 남에게 피해를 주었을 것을 생각하니 이제는 좀 더 남을 배려하고 성숙된 모습으로 살고 싶다.

살아가는 건 상처가 내 인생보다
크지 않기 때문이다

　사회 속에 이상한 사람들은 늘 존재한다. 정신건강의학과 병원에 있는 사람보다 사회에서 살아가는 사람들 중에 더 많다. 우리가 사는 세상은 정상이 아닌 현상들이 벌어진다. 도리어 자연 세계가 더 온전하게 보이기도 한다. 인간 세상이라는 혼란하고 변화무쌍한 현실 속에서 평온한 마음을 가지는 것이 더 신기하다. 그래서 사람들은 때로는 명상과 기도에 전념하고 때로는 마음의 쉼과 힐링을 찾아서 여러 가지 취미 활동을 갖고 또는 혼자만의 시간을 가지기도 한다. 정신질환보다 더 안타깝고 무서운 사람들은 자신을 성찰하지 못하는 성격장애를 가진 자들과 자신을 끊임없이 속이는 중독에 빠진 사람들이다. 자신을 바로 보지 않고 도리어 남을 비난하는 사람이기 때문이다. 물론 이런 분들 중에도 그 늪에서 벗어나 현실을 직시하고 마음을 다잡는 사람은 회복 가능성이 있다. 하지만 그 수는 적다. 순수 정신질환을 가진 이들은 회복 가능성이 더 크다. 이들은 대체로 심성이 곱고 착하고 똑똑하고 지능이 높다. 순수하고 세상 때가 그리 묻지 않은 온실 안의 꽃과 같다. 가정에서 부모의 지나친 간섭적인 태도 아래에서 그 꽃이 자생하지 못한 상태일 뿐이지 악하거나 나쁜 것이 아니다. 이들은 더 성장하지 못하고 정체된 상태로 아파하고 있다. 그 꽃의 성장을 위해서는 환경이 변화돼야 한다. 또 스스로 성찰하고 인생을 적극적으로 살아갈 결단과 용기가 필요한 상태이다. 다행인 것은 순수 정신질환을 가진 분은 자기 성찰을 할 수 있는 사람이라는 것이다. 우울증과 조울증과 조현증으로 자신이 가진 현재의 어려움을 객관화시키고 나만 힘든 게 아니라 인간이 보편적으로 가지는 아픔이라고 생각하면 그 아픔과 고통에서 빠져나올 힘을 얻게 된다. 정신질환은 개인의 병이자, 가족의 병이기도 하며 또 사회적 질병이기도 하다. 심리사회적이고 환경적 스트레스를 풀어가기 위한 시민사회와 국가의 협력이 필요하고 지역사회 인프라 역시 절실하다. 국가와 사회가 정신적으로 아픈 이들을 단계별로 돕고 유기적 협력과 통합적 도움으로 한 사람을 살릴 수 있다. 개인의 회복 의지와 가족의 지지, 그리고 사회의 편견 해소, 차별 해소, 낙인 해소가 종합적으로 작동할 때 정신적 질병을 가진 정신장애인은 사회에서 더불어 살아갈 힘을 얻게 된다. 이들은 재사회화가 되고 가족과 세계와 소통하면서 회복의 길을 걷게 된다.

세상에 멀쩡하기만 한 사람은 없다. 누구나 아프면 도움을 받아야 한다. 아픈 것은 부끄러운 것도 비참한 것도 아니다. 당당하게 세상을 향해 나아가자. 한 걸음, 한 걸음 딛고 일어나 걸어가자.

회복은 몸과 마음의 소리에 귀 기울이고 나를 만나는 것

인체의 신비는 소우주를 담고 있다. 지구 바깥에만 광대한 우주가 있는 게 아니라 인간 안에도 신비로운 세계가 존재한다. 정신질환은 인류가 생긴 이래 존재해 왔다. 뇌와 신체의 작용은 체질과 심리와 사회, 환경의 변화에 따라 적응해 왔으며 부적응할 때 겪게 되는 다양한 신체적인 현상도 존재해 왔다. 몸에서 가장 취약한 부분에 대해 인간은 질병을 겪어 왔지만 치료제를 개발하고 병을 예방하면서 인류는 생존했고 역사를 통해 발전해 왔다. 몸은 환경에 적응해 왔고 정신세계도 인류 문명에 적응해 왔다. 그러나 현대사회의 복잡함, 경쟁사회와 자본주의 원리, 핵가족화와 물질문명의 발전은 도리어 고립과 단절을 가져왔다. 컴퓨터와 매스컴과 스마트폰에 종속되는 세상이 되어가고 있다. 뇌의 건강은 정신건강과 직결된다. 생각과 감정과 본능의 3층 구조로 되어있는 뇌의 신비는 인체를 연구하며 점점 그 세계가 알려지고 있다. 인류는 먹고 마시고 활동하며 오랜 역사를 살아왔다. 그리고 산업혁명 이후, 몸을 쓰지 않고 뇌를 사용하면서 사무실과 회사에 앉아서 일하는 세상으로 변해왔다. 더 편리해진 것 같았지만 건강은 점점 나빠지고 비만과 성인병 등 온갖 질병에 걸리게 됐다. 대사증후군과 심신의 질병으로 많은 약을 먹고 건강보조 식품을 챙겨 먹어도 몸은 좋아지지 않고 더 나빠진다. 무엇 하나에 미치지 않고 살아갈 수 없는 세상이 됐다. 일, 사랑, 취미, 오락, 성, 술, 담배, 스마트폰, 마약, 커피 등등. 현대인은 일을 통해 자신의 꿈을 이루며 살기도 하고, 생존에 급급해 살기도 한다. 또 가정을 꾸린 사람은 처자식을 먹여 살리려고 하루하루를 버티고 살아낸다. 하지만 경쟁사회에서 겪게 되는 많은 갈등과 아픔으로 인해 마음속에서 상처의 피가 나는 줄 모르고 살아가고 있다. 우리의 뇌는 '번아웃증후군'으로 소진되어 있다. 세상살이 걱정으로 고통을 받는 것이다. 정신없이 뛰어가지만 많은 사람들이 무엇을 향해 뛰는지도 모른 채 달려간다. 신체는 고통받고 있지만 아닌 척하며 살아가고 있다. 어느새 만신창이가 되어간다. 많은 뇌 에너지와 신체 에너지를 소진해 몸의 면역력과 기력은 떨어지고 의지력과 회복탄력성도 점점 잃어간다. 현대인의 모습도, 정신증의 고통을 겪은 사람도, 모두 인생살이의 문제에 갇혀 모두가 똑같이 고통스러워하고 염려한다. 극도로 피곤하고 지치고 고달프다. 우리의 심신은 쉬고 싶다. 그러나 쉬면 경쟁사회에서 뒤처지고 낙오자가 될 것 같아 두렵고 불안하다. 그래서 달리고 또 달린다. 쓰러지면 다시 일어나서 달린다. 하지만 인생에는 쉼이 필요하다. 우리의 몸은 거짓이 없다. 겉 표현과 속 마음이 많이 다를수록 정서적인 문제를 경험한다. 우리가 신체의 신호를 무시할 때 질병에 걸린다. 몸이 주는 신호에 귀를 기울여야 한다. 그리고 자신이 원하는 목표를 위해 달리는 게 중요한 것이 아니라 자기 몸과 마음의 소리를 들어야 한다. 나의 몸이 나에게 소리친다. 피곤하고 지쳤다고. 나의 마음이 나에게 소리친다. 고통스럽고 아프다고. 그 소리에 귀를 기울여야 한다. 그럴 때 진정한 자신과 만날 수 있고 자기를 느끼고 이해함으로써 나 자신을 사랑으로 품을 수 있다. 그럴 때 질병은 미리 예방될 수 있고 관리될 수 있다. 아프고 고통스러운 나를 대면하자. 그리고 그런 나의 마음을 만나자. 그리고 안아주자. 얼마나 그동안 힘들었냐고. 얼마나 괴롭고 아팠냐고. 토닥거리고 마음을 느끼고 고백하자. 뇌는 알고 있다. 내가 얼마나 지치고 괴로운지. 고통을 얼마나 참았는지. 얼마나 울고 싶었고 괴로웠는지. 우리가 조금만 살펴본다면 그 마음의 무게와 삶의 질고를 느낄 수 있다. 그리고 심신이 소진되었을 때 휴식을 갖자. 그리고 충분한 식사와 수면을 취하고 편안함을 느꼈다면 즐거운 시간을 보내자. 즐겁고 신나는 것을 찾아서 하고 먹고 싶은 것을 먹고, 놀고 싶은 것을 놀자. 잠시 쉬어가더라도 다른 이들을 의식하지는 말자. 정신증의 회복 과정에 경직된 사고와 틀에 박힌 생활패턴에서 벗어나 자신에게 선물을 주듯, 하고 싶은 것을 찾아 하고, 즐거운 것을 하는 것은 뇌 회복의 중요한 방법 중 하나다. 잘 노는 사람은 정신건강도 유연하고 무엇보다 건강하다. 잘 놀지 못하면 자기 생각 속에만 갇혀 있게 된다. 그리고 경직되고 고리타분함에 빠져서 창의성과 마음의 자유로움을 경험할 수 없다. 감정의 응어리와 스트레스도 털어내지 못한다. 정신건강의 회복은 신체적인 활동과 운동에서 시작한다. 정신적 스트레스로 번아웃된 사람에게 머리 쓰는 일은 일단 자제하고 몸으로 그 스트레스를 해소하고 순환시켜야 한다. 정신과 신체는 유기적으로 연결되어 있다. 마음이 즐겁고 편안하면 신체는 자연스럽게 건강함을 찾는다. 매일 30분씩, 혹은 1시간씩 산책을 하자. 사랑하는 사람과 편안한 사람과 함께 대화를 하며, 식사도 하고, 걸어보자. 심신의 피로는 점점 사라지고 편안함과 즐거움이 우리를 찾아올 것이다. 멘탈은 물리적인 운동을 통해 변화되고 강화된다. 운동은 우울증에 있어 약물치료만큼의 효과가 검증됐다. 웃기 연습을 하자. 미소를 지으면 얼굴에 있는 근육이 움직이고 뇌에 영향을 주며 기분을 변화시킨다. 맛있는 식사를 하고 육체를 움직이자. 뇌를 변화시키는 가장 좋은 방법이다. 휴식과 운동은 뇌 기능을 향상시키고 영양 있는 식사와 더불어 치매도 예방한다. 뇌 건강과 운동은 관계성이 밀접하다.

뇌에 산소를 충분히 공급히는 유산소 운동은 세로토닌, 아드레날린, 도파민을 증가시킨다. 안정감과 집중력과 즐거움이 찾아온다. 심호흡은 근육을 이완시키고 심신을 안정시킨다. 정신증을 겪는 대부분의 사람들은 흉식호흡을 하며 짧은 호흡을 한다는 의학계의 논문을 읽은 적이 있다. 생각이 많으면 호흡이 짧아지고 어깨와 목이 경직된다. 운동을 통해 몸을 이완해 주고 즐거운 활동을 하며 심신을 건강하게 해야 숙면에 도움이 된다. 그것이 정신건강의 기본이다. 그런 회복 과정에 운동과 신체활동을 통한 뇌 회복의 첫걸음이 꼭 필요하다. 지금 당장 움직이자. 자신의 마음과 몸이 원하는 것을 부정하지 말자. 느끼고 생각하고 실천하자. 운동은 뇌를 건강하게 변화시키는 하나의 요소다. 건강한 신체에 건강한 마음이 깃들고 회복은 외부에서 시작해 내면으로 나아간다. 정신증은 반드시 회복되는 병이다.

에필로그
정신건강 회복의 길은 지금, 여기서 시작해야

실상 치료와 재활의 주체인 "당사자" 시절 소외되고 밀린 느낌이 있었다. 어떤 분의 망언에는 가슴이 아팠다. 정신질환을 겪는 당사자를 마치 범죄자로 몰아가는 경험도 숱하게 있었다. 제대로 전달하지 못하고 편견에 휘둘린 모습이었다. 정신질환을 겪는 당사자를 이해하지 못하고 지식이 부족해서 배려가 약한 시선들이었다. 씁쓸했다. 그래도 가족들은 대부분 당사자 자녀와 배우자를 극진히 이해하고 사랑하는 모습이었다. 그 모습은 진한 감동이 있었다.

전문가 단체와 가족협회는 당사자를 치료하며 돕기 위해 존재하며 당사자를 지지하기 위한 집단이다. 먼저 누구를 위해 존재하는지를 인식해야 한다. 당사자가 주체가 되어야 한다. 당사자는 질병 속에 갇힌 존재가 아니며 그것만으로 규정되지 않는다. 전문가나 가족에 의해 좌우되는 그런 존재가 아니라 자기 정체성을 지닌 독립된 인격체다. 당사자가 주체가 되어 전문가와 가족이 협력하고, 또 치료와 재기와 일을 통해 당사자가 홀로 설 수 있도록, 당사자 스스로 관리하고 삶을 영위하는 사람으로 설 수 있도록, 서로 돕고 함께 하는 것이다. 지금까지 전문가 제공 중심으로 세상이 돌아갔다면 이제는 당사자가 목소리를 내고 당사자 중심 및 소비자 중심으로 나아가야 한다. 당사자는 의료적인 도움에 대해 능동적으로 표현하는 한편, 가족에게는 당당히 요구할 것을 요구해야 할 것이다. 물론 이 과정에서 당사자가 기본적으로는 병식을 찾고 기본기에 충실해야 한다. 당사자는 치료받는 한편, 자기관리와 촘촘한 지지망을 통해 의료진과의 신뢰를 쌓고 약물 관리를 잘 하면서 가족과도 함께 화해하고 풀어가야 한다. 당사자는 그동안 표현하지 못한 자기고백을 용감히 해야 한다. 사회적인 편견과 차별을 깨고 자기 목소리를 내야 한다. 의료 서비스 개선과 상담과 지역사회 재활서비스도 적극적으로 지원받으며 회복 과정을 거치면서 자신의 강점을 개발할 필요가 있다. 회복자들이 먼저 나서서 시작할 때이다. 기존의 사회구조적인 부분에서 치료에 효과적이고 좋은 점은 수용하면서도 스트레스를 관리하고 생활패턴을 개선하며 새 마음가짐으로 삶을 건강하고 행복하게 살도록 노력해야 한다. 당사자는 자기 자신에게 필요한 부분에서 벗어나 다음 세대를 위해 요구할 수 있어야 한다. 가족도 당사자를 통해 가족체계가 변화되어야 한다. 가족은 이제 지지자가 되어야 한다. 회복의 길을 향해 한 걸음씩 나아가며 내가 해야 할 일이 무엇인지 자각하고 말하며 행동하고 움직여야 한다. 의료 서비스 이용자인 당사자와 가족은 의료적인 부분의 개선점과 재활과 재기에 도움이 되는 방법을 요구해야 한다. 치료와 재활과 재기를 위해서는 꼭 표현을 해야 하고 소통을 해야 한다. 진정 당사자는 낫고자 합니까? 재기하고자 합니까? 가족은 진정 그것을 원합니까? 전문가도 진정 그것을 원합니까? 그렇다면 가능합니다. 한마음으로 협력합시다. 함께 합시다.

회복의 증거

정신질환을 회복한 심리상담사의 마음 회복 노트

1판1쇄 발행 2020년 11월 1일

지은이 장우석

펴낸이 강준기

펴낸곳 메이드마인드

디자인 당아

주소 서울시 마포구 대흥동 241-35호

팩스 0505-333-3535

이메일 mademindbooks@naver. com

출판등록 2016년 4월 21일 제2016-000117호

ISBN 979-11-964773-3-2 (03810)